凍える血

水原とほる

幻冬舎ルチル文庫

CONTENTS ✦目次✦

凍える血

✦カバーデザイン＝小菅ひとみ（CoCo.Design）
✦ブックデザイン＝まるか工房

イラスト・相葉キョウコ✦

凍える血

「おまえ、こんな時間に何やってんだ？」

タクシーで夜明け前に帰宅した兄が、キッチンの冷蔵庫を開けてのぞき込んでいる祥《しょう》を見て声をかけてきた。

いきなりリビングの照明がつき、その明かりで姿を照らされた祥は内心舌打ちをして、そのまま冷蔵庫を閉じる。何か軽く食べてから出かけようと思っていたのに、兄と言葉を交わしたくなくて祥はさっさとキッチンを出て行こうとする。

「また、釣りか？　それより、ちゃんと大学通えよ。せっかく受かったんだから。十九にもなって、いつまでもガキっぽい真似していてもしょうがないだろう。もっと前向きに人生を……」

兄の言葉が終わらないうちに祥はリビングを横切って部屋を出て行く。ほとんどそこから逃げ出すような体《てい》だ。その背中に向かって兄が何か怒鳴りかけたが、明け方の四時という時間を思い出したように声を呑《の》み込んでいる。

呆《あき》れるのを通り越し諦《あきら》めが兄の気持ちを支配したのか、一人溜息《ためいき》を漏らしていた。兄の気持ちはわからないではないが、兄のほうは不肖の弟である祥の気持ちなど理解できないだろう。

（ああ、もう面倒くさいな。またしばらく家出でもしようかな……）

そんなことを企《たくら》みながらも、その日はヨットパーカーにジーンズという身軽なスタイルで家を飛び出した。

父親は外資系企業の日本の支社長として現役で働いているし、子育てを終えた母親は自宅の離れで茶道と華道の教室を開いている。学生時代から優秀だった兄は、きっちりと親の期待に応えて国立大学を卒業し、経産省の官僚になった。

こんな時間にタクシーで帰宅するのも多忙さゆえで、一眠りして着替えたらまた出勤するのだろう。両親は兄の健康を案じても、将来を心配したりはしない。祥にはそんな兄の他にも、外資系企業に就職し現在は北米に海外赴任している姉もいる。二人とも両親の自慢だが、落ちこぼれの祥はいてもいなくてもいいような存在だった。

中学のときの苛《いじ》めが原因で引きこもりになり、高校の勉強は通信教育で受け、高卒認定試験に合格して一年遅れで大学に入学したが、対人関係が苦手で行ったり行かなかったりだ。

家族はそんな祥を気にかけながらも、腫《は》れ物に触るようにしている。末っ子で甘やかしてしまったという後悔はあるのだろうが、あまりうるさく言って世間を騒がせるような突拍子もない真似をされては困ると思っている。

心配しなくても、そんなだいそれたことをしでかす勇気などない。祥の人生はわずか十九年ですでに退屈に支配されている。生きている意味もわからないし、だからといって死ぬ理由もない。ひどく不幸でもなく、だからといって幸せを実感するでもない。

恵まれた環境に生まれてきた幸運に感謝するべきだと諭されても、人の心は単純じゃない。そうするべきだと思う気持ちと裏腹に、曖昧《あいまい》な昨日が今日になり、明日がやってくるだけの毎日だった。

そんな祥の唯一の気晴らしといえば釣りだ。それだって本気でやっているわけでもなく、人のいない埠頭《ふとう》でぼんやりと釣竿《つりざお》を垂らして時間を過ごすのが落ち着くというだけのこと。

家にいても家族とろくに顔を合わさず、大学にもまともに通っていないから、寝る時間も滅茶苦茶で近頃は夜明け前に家を出て、原付バイクで三十分ほど走った埠頭に釣りにいくことが多い。

都心からそれほど離れていない港なので、夜景を楽しむためにドライブがてらやってくるカップルも多い。そういう連中がたむろしているエリアとは反対側に、深夜には完全に人気がなくなる倉庫の建ち並ぶ場所がある。

過去には暴走族のリンチ事件があったとか、暴力団の麻薬の取り引きが行われているとか、怪しげな噂《うわさ》がまことしやかに流れている場所でもある。なので、普通は人が寄りつかないが、祥にとっては噂など怖くもない。それに、もう深夜という時間でもない。時刻は四時半。十月も中旬を過ぎて夜明けは遅くなったが、二時間もすれば早出の作業員が港にやってくる。

祥はいつものように原付バイクから道具を下ろし、すぐに釣り針を投げると竿を埠頭に立ててぼんやりと黒い海を眺める。周囲に他の釣り人はいない。ただ、野良猫がいる。釣り人がいらない魚を与えるので、このあたりをネグラにしている野良猫が何匹かいるのだ。

その夜も祥から何かおこぼれをもらおうと、さっきから一匹の黒猫がそばに座って待っている。黒い毛に、特徴的な白い足袋《たび》を穿《は》いたような後ろ足をしていた。

「にぃぁぁぁ〜」

少し低くガラガラした鳴き声で祥に餌《えさ》をねだる。

「まだ何も釣れてないよ」

祥が少し距離を置いたところに座って待っている猫に言う。そういえば、出がけに何も食べてこなかったから祥自身もお腹《なか》が空《す》いた。仕方がないので、一番近くにあるコンビニへ行き、自分のためのおにぎりと黒猫のために猫缶でも買ってこようと立ち上がる。

原付バイクを停めたところへ戻ろうとしたら、黒猫が祥の足にまとわりついてきた。ずいぶんと人懐っこい。そのくせ、祥が手を伸ばして撫《な》でようとすると素早く距離を取ってしまう。

「おい、ちょっと待てよ。猫缶買ってきてやるから、頭くらい撫でさせろよ」

そう言いながら、祥は野良猫を追いかけていく。作業用のトラクターやドラム缶の間を駆けていくのを追っているうちに、やがて一棟の倉庫の近くまでやってきた。その角に黒い体を摺《す》り寄せて曲がっていこうとする猫を追って、祥もまた倉庫の角に身を寄せた瞬間だった。思わず上げそうになった声を慌てて呑み込む。

（えっ、な、なんで……？）

こんな時間に人がいる。港の作業員ではないし、見回りの警備の人間でもない。見るからに怪しげな雰囲気の男が四人だ。

二台の車が至近距離で別々の方向に向かって停められていて、片方の車のそばには小柄で垢《あか》抜《ぬ》けない格好をした三人連れの男が立っている。向かい側の車のそばには長身で体格のいい男が一人。彼のほうはこちらに背を向けているので顔は見えない。

（これって、もしかして……）

野良猫が自分の足にまとわりついているのも忘れて、例の噂話を思い出した。自分は麻薬の取り引き現場に遭遇しているのだろうか。

だったら、見ないほうがいい。すぐにこの場を離れるべきだ。そうとわかっているのに、なぜか足が動かない。怯《おび》えと好奇心。その両方が祥をその場に留《とど》まらせていた。一度深呼吸をして自分を落ち着かせると、風に乗って彼らの会話が微《かす》かに聞こえてきた。

「遅い。二十分の遅刻だ。それに、北村《きたむら》の件では一度しくじっただろう？」

長身の男が厳しい声色で言うと、三人連れが顔を見合わせて肩を竦《すく》めている。たいして悪びれた様子もない。

「しくじったじゃない。仕方ないよ。あの男用心深い」
「そういう相手だからこそ、慎重にやるように言っておいたはずだ」
「だが、ちゃんと仕事したね。奴はマスコミに叩かれてるね。もう駄目だよ。誰もあの男の話に耳は貸さない。日本はスキャンダルに厳しい。あんたらの希望どおりね。それより、約束の金は？」

息を呑んだまま彼らの会話に聞き耳を立てていたが、どうやら麻薬の取り引きではないようだ。だが、何か陰謀めいた匂いがする。それに、三人連れの男たちは日本人ではないらしい。はっきりとは聞き取れないが、外国人独特の不自然なイントネーションで少し奇妙な日本語を話している。

何かの仕事を依頼した男が、その代金を支払う現場だということはわかったし、それがよからぬ仕事だということも容易に想像がつく。ただし、彼らが口にした「北村」という名前に関してすぐに思い浮かぶような事件はなかった。

長身の男は無言で、三人連れの一人に向かって封筒のようなものを投げた。受け取った男は中身を確認したかと思うと、キッと目を吊《つ》り上げる。

「約束の金額じゃないぞっ」
「当然だ。本来ならしくじった時点でおまえらはお払い箱だ。半額でももらえるだけ有難いと思え」

その言葉に三人組がにわかに殺気立ったように男を取り囲む。それでも、長身の男は落ち着いた様子だ。倉庫の陰から見ている祥のほうが思わず悲鳴を漏らしそうになったのは、取り囲んでいる男たちがそれぞれ手にナイフを持っていたから。

いくらなんでも三対一で、相手は武器を持っているとなったら勝てるわけがない。長身の男はどうするつもりだろう。いざというときは警察に連絡しようと思いながら、祥は自分の携帯電話をジーンズのポケットから取り出して握り締める。

ところが、ナイフを持った一人が襲いかかったかと思った次の瞬間、その男はあっと言う間に足をすくわれ、そのまま地面に叩きつけられるように倒された。続いて二人目が背後から飛びかかったが、今度は長身の男が素早く前屈《まえかが》みになったので、背負い投げの要領で地面に倒れ込んでしまい後頭部をしたたかに打っていた。

最後の男は二人がやられて焦ったのか、闇雲《やみくも》にナイフを振りかざしていった。だが、長い足が簡単にナイフを蹴《け》り落とし、さらには上げた足を一端地面に下ろすこともないまま相手の脇腹にブーツの踵《かかと》をめり込ませていた。

時間にすればわずか一、二分程度の出来事。祥は長身の男の鮮やかすぎる動きを茫然《ぼうぜん》と眺めているだけだった。

「文句があるなら、さっさと国に帰ることだ。帰国のチケットを用意してやろうか？　入国管理局に連絡すれば、明日にでも強制送還してくれる」

地面で打ちつけた後頭部や背中、蹴られた腹を押さえながら三人が慌てて起き上がると、落ちていた茶封筒を拾い上げて言う。

「金はこれでいい。だから、入国管理局はなしね」

長身の男が片手を振って立ち去れと合図する。そんな目に遭ってもまったく懲りていないのか、媚《こ》びた笑みを浮かべ日本語が一番うまいらしい一人が言った。

「また何かあれば言ってくれ。なんでもやるよ。俺たち安く働くよ」

そのとき、足元にまとわりついていた野良猫が彼らのほうへと駆けて行き、祥を招き寄せるように振り返ってからゆっくりと一声鳴いた。

「にぃぁぁぁ〜」

男たちはその声にハッとしたように一斉にこちらに視線を向ける。野良猫の存在などすっかり忘れていた祥は、咄嗟《とっさ》に倉庫の陰に身を潜めた。野良猫に悪気はないにしても、あまりのタイミングの悪さに心臓が痛いくらいに激しく打っている。自分の唾液《だえき》を飲み下す音さえ大きく響くような気がした。

身を硬くしながら倉庫の壁にくっつけている背中に汗が流れ落ちていくのを感じたとき、長身の男のほうの声が聞こえた。

「ただの野良猫だ。さっさと行け」

その言葉で三人連れの男たちが車に乗り込み、ドアの閉まる音が祥の耳に届いた。彼らが乗った車がその場から去っていく。暗闇の中をテールランプが遠ざかっていくのが、隠れている場所からもわかった。

間を置かずにもう一人の男も車に乗り込んだのか、もう一度ドアが閉まる音がした。どうやら気づかれずにすんだようだ。

このまま走り去ってくれると思った祥がホッとして大きく息を吐く。そして、額にも滲《にじ》んでいた汗を拭《ぬぐ》おうと手を持ち上げたときだった。

「おい」

倉庫の壁から背中を離し、去っていった男たちから視線を背けるようにして立っていた祥の左肩がいきなり叩かれた。

「ひぃぃぃぃーーっ」

驚きのあまり掠《かす》れた悲鳴を上げた祥は、反射的に叩かれた肩のほうを振り向いた。そこには車に乗り込んだと思ったはずの長身の男が立っていた。どうやらドアの音だけをさせて、こちらに忍び寄っていたらしい。

足音も気配もなく、すぐそばまできていることにまったく気づかなかった。祥は足を震わせたままその場にへたり込んでしまうと、呆然《ぼうぜん》と男の姿を見上げる。

「野良猫一匹かと思ったら、もう一匹いたようだな」

低い声で言った男は尻餅《しりもち》をついた祥の前に自分も膝《ひざ》を折ってしゃがみ、こちらの顔をのぞ

き込んでくる。

倉庫の陰から見ていたときは、こちらに背を向けていた彼の顔は見えていなかった。けれど、たった今自分の目の前にある顔は彫りが深く、太くりりしい眉《まゆ》や通った鼻筋、厚い唇などすべてが男性的で息を呑むほどきれいだった。

身につけている黒いバックスキンのジャケットの下には同じく黒のTシャツが胸の筋肉で盛り上がっている。しゃがんで手足を折り曲げていることで、その長さがよけいに強調されて、全身のバランスのよさがハイファッション系雑誌のモデルのようだ。

だが、そんな男の容貌《ようぼう》に感心している場合ではない。男の目はひどく冷たく鈍い輝きを秘めている。祥がここに隠れていたことを笑って許してくれる目ではない。そして、彼は武器を持った三人の男さえ簡単に地面に這《は》わせることができるのだ。

「名前は?」

「えっ? な、名前ですか?」

「そう、名前を言うんだ」

見知らぬ怪しげな相手に名乗っていいものかわからない。多分よくないだろう。だが、咄嗟に偽名など思い浮かばなかった。それに、自分を睨《にら》みつける男の視線の強さに、ごまかしは無駄なような気がした。

「し、祥です。内村《うちむら》祥です」

怯えながらも震える声で正直に答えた。

「ショウか。ここで何をしている?」

「な、何って、あの、僕は釣りを……」

そう答えながら、自分の背後に向かって指を差す。埠頭の先には立てておいた釣竿が見えるはずだ。その横には小さなクーラーボックスと道具入れもあって、ここまで乗ってきた原付バイクも停まっている。それらを見れば、嘘は言っていないとわかってくれるだろうと思った。

「何か釣れたか?」

思いがけない質問に祥は首を横に振ってから、蚊《か》の鳴くような小さな声で説明する。

「つ、釣れなくて退屈していたら、いつも餌をねだりにくる野良猫がいて、その子と遊ぼうと思って追っかけてたら、えっと……」

怪しげな話をしている連中がいて、思わず倉庫の陰に身を潜めてしまっただけだ。悪気もなかったし、これは単なる偶然だ。ただ、少しばかりタイミングが悪かっただけ。だから、勘弁してもらえないだろうか。

そんな都合のいいことを考えていたら、いきなり男の大きな手が祥の頬《ほお》をそっと撫でたかと思うと、同じ手で茶色いウェイブのかかったマッシュカットの髪をわしづかみにする。

「ぎゃ……っ」

祥が小さく声を上げて緊張を取り戻したその瞬間、男の表情も変わった。どうでもいい話題でわずかに緩んだ気持ちに、見えないナイフを突きつけられたような感覚だった。

「で、さっき俺たちが話していたことを聞いたのか？」

祥は一瞬の間を置いてから首を横に振った。聞いたと言った場合と聞いていないと言った場合の己の処遇について、その一瞬に思案したのだ。その結果として首を横に振った。聞いていないことにしないとよくないことになる。それが祥の頭が弾《はじ》き出した答えだ。なぜ聞いていないことにしないといけないのかといえば、もちろんその内容がよくないことだと気づいているから。

だが、一瞬の思案の間を男が見逃すことはなかった。いきなり祥の二の腕をつかむと、強引に立ち上がらせる。

「ひぃ……っ。な、何……っ、ど、どうするのっ？」

焦る祥に男は淡々とした口調で告げる。

「仕方がない。釣りをしていて、うっかり足を滑らせ海に落ちたということにしてもらおうか」

「えっ、で、でも、僕、泳げます……」

「いい情報だ。絞めて落としてから海に放り込んでやるから心配するな」

柔道の技でそういうのがあったと思う。失神するまで首を絞めるという技だ。その状態で海に放り込まれたら、確実に溺死《できし》してしまうだろう。祥は真っ青になって首を横に振りながら、足を突っぱねるようにしてその場から動くまいと抵抗する。

「か、勘弁してくださいっ。本当に何も聞いてないです……っ」

涙目で訴えたところで、男は耳を貸してくれないし、その力の強さには到底敵《かな》わない。このままだと本当に海に落とされてしまう。そして、港の作業員が早朝岸壁に浮かんでいる遺体を発見し、警察から家族に連絡がいき、男のもくろみどおり夜釣りで足を滑らせたという結論に落ち着くのだろう。

自分なんて家族にとっては要らない子どもだと思っていたが、こんなふうに死んでしまったら少しは悲しんでくれるだろうか。それとも、夜釣りでうっかり命を落とすなんて、やっぱりどうしようもない子だとがっかりするのだろうか。

それにしても、十九歳で命を落とすならもう少し一生懸命生きていればよかったと思った。どんな退屈な人生でも、生きていればそのうち自分にとって何か大切なものが見つかったかもしれない。

あれほど自堕落に生活しておきながら現金なものだが、そんなことを考えながらもまだ自分の死というものがリアルに想像できていないのだ。

(嘘だよね。こんなの悪い冗談だよ。僕、夢を見てるのかな？　なんかのゲームの世界とか……？)

こんな理不尽な理由で死ぬなんてあり得ないと心のどこかで思いながら、この状況をなんとかして否定しようとする。

これは何かの間違いだと思う気持ちと裏腹に、男に腕をつかまれたまま祥はずるずると岸壁へと引きずられていく。そして、海の近くで男の腕が祥の首に回った。

「ぐぇ……っ」

喉《のど》を絞め上げる腕に力がこもり、やっぱりこれは現実だと恐怖が背筋を這い上がってきたまさにそのときだった。

男の腕時計がピピッと電子音を鳴らした。彼は時間をチラッと見て舌打ちをする。アラームでなければ、何かのために設定しておいた時刻なのだろうか。

「もう時間か。今朝は遅れるわけにいかない」

男は独り言のように呟《つぶや》くと、祥の二の腕を引いて自分の車に連れて行く。

「おまえも一緒にくるんだ」

「えっ、あ、あの……、どこへ……？」

もちろん、男の答えはない。停めてあった彼の車はポルシェ９１１ターボ。ミッションタイプで一応後部座席があった。ただし、そこは小型犬が座る程度のスペースで、人を乗せるというより荷物を置く場所といったほうがいいような狭さだ。

そんな空間に押し込まれた祥は、百七十には数センチ足りていなくても体を縮めているしかない。後部の窓ははめ込み式のツードアカーなので、前のシートを定位置に戻されたらほとんど身動きもできない。ちょっとした檻《おり》にでも閉じ込められた気分だ。

だからといって、運転席に座った男の首を後ろから絞めて、果敢に脱出を試みる勇気などあるわけもなかった。手足を拘束するでもなく車に押し込んだのは、祥が抵抗することなど計算に入れていないから。よしんば祥が暴れたとしても、運転しながら簡単にそれを封じ込める自信があるのだろう。

ついさっき三人のチンピラを一瞬にして地面に叩き伏せた腕をもってすれば、当然の自信だ。あれはまるで、祥がバトルゲームで好んで使う未来戦士のキャラクターにも似た見事な動きだった。日本人にラテン系の血を混ぜたような独特の甘さを秘めた男らしさもまた、ゲームのキャラクターに似ている気がした。

ものすごく危険なことに巻き込まれているとわかっているのに、なぜかその男の顔を見上げていると妖《あや》しい気分になって胸がドキドキしてしまう。

「おまえのことはマキに聞いてから決める。とりあえず、命拾いしたな。運のいい奴だ」

男がハンドルを握り車を走らせながら、感情もこもっていなければ抑揚もない声で言った。どういうことかよくわからないが、ただ一つだけ確かなのはしばらくの間命が繋《つな》がったということ。

いずれにしても、危険な匂いのする美貌の男に拉致《らち》されたこの現実をどう受けとめればいいのか、このときの祥の混乱はきっと誰にも理解できないだろう。

（よくわからないや。「マキ」って誰さ？　僕、殺されちゃうのかな……？）

自分はひどく危険な状況に巻き込まれてしまった。その事実だけは間違いないようだ。ポルシェの狭い後部座席で祥は懸命に頭の中を整理しようとしていた。だが、あまりにもわからないことだらけで、現状を判断するための情報もない。とりあえず今は生きているけれど、男は無言のまま運転していて、とても何か質問できるような雰囲気ではない。

彼は港の倉庫裏で怪しげな連中と話しているときも淡々とした口調だったし、ほとんど感情を表さない。祥を海に沈めようとしたときでさえ、その表情に大きな変化はなかった。きれいだが不気味な男だと思う。そんな男と同じ車に乗せられたままで、逃げることもできない。

この先のことは何一つわからないまま、祥はずっと狭い後部座席で身を小さくしているばかり。拉致された港からもう二時間近く走っている。

すっかり夜も明けて、朝日が差し込む窓の外の景色を眺めれば近県の郊外を走っているようだ。いきなり風景が牧歌的になったかと思うと、それを通り過ぎていつしか殺伐とした風景になる。

運転席の男は朝日を遮るためにサングラスをかけ黙々とハンドルを切っていたが、やがて幹線道路から外れて一本の砂利道へと入っていく。

黒塗りのポルシェが砂利道の白い砂煙に塗《まみ》れながら走る。こんな辺鄙《へんぴ》な場所に何があるのだろう。もしかして、海ではなくここが自分の墓場になるのだろうか。そんな悪い予感にぶるっと身を震わせて、祥がフロントガラスの先を見れば、そこには広々と横に広がった灰色の壁があった。

(えっ、ここって何……?)

高い見張り塔が併設されたまるで要塞《ようさい》のような建物に、祥は一瞬自分が異世界に紛れ込んだのかと思った。だが、その塀のそばまできたとき、そこがどういう建物かようやくわかった。

車は塀に囲まれた建物の門の前にピタリと停まる。そして、男は振り返って祥に言う。

「おとなしくそこで待っていろ」

逃げようとしても無駄だということくらいはわかる。飛び出して走ったところで、周囲に助けを求められる人はいない。車が進入してきた一本道を走っても、すぐに追いつかれて捕まってしまうだろう。さらに道の左右は畑になっていて、そこはすべて鉄線で囲われている。

それは農作物を盗まれないように張り巡らされたものではなく、あきらかに中で働く人間が脱走しないためのものだ。つまり、目の前の灰色の壁に囲われた建物は刑務所で、周囲の畑は受刑者の作業場である畑なのだ。

けれど、なぜ早朝にこんな場所へきているのか、その理由がわからない。祥は車の後部座席からただ外の様子をうかがっているしかなかった。

(今、何時だろう?)

携帯電話は財布と一緒に取り上げられているので、エンジンを切っていない車の時計で時刻を確認したら、午前七時の五分前だった。

やがてきっちり七時になったとき、灰色の高い塀の間にある鉄の扉が重苦しい音とともに開く。中から刑務官とともに一人の男が扉を潜って出てくるのがわかった。

祥を拉致した男と同じように、長身でスラリとした体型であるのが遠目にもわかる。そんな体型を引き立てるようなジーンズと白いロングスリーブのTシャツというシンプルなスタイルだ。首にはグレイ系のマルチカラーの長いスカーフがかかっていて、額にはサングラスがのっている。

まるで、お気に入りのカフェテリアから出てきたような気軽な雰囲気で、たった今出所してきた受刑者というにはあまりにもお洒落《しゃれ》だった。

門の外までつき添った刑務官が何か一言二言話しかけているが、男は手をヒラヒラと振って笑顔で応えている。遠目だし声は聞こえないが、どう見ても軽口を叩いているようだ。というのも、刑務官が苦虫を嚙《か》み潰《つぶ》したような表情になっているからだ。

出所した男は前の広場に停まっているポルシェとそのそばに立つ男を見て、満面の笑みを浮かべながらこちらに歩いてくる。祥が身を乗り出して、フロントシートの半分下ろされているサイドウィンドウに顔を寄せて見ていると、男はスカーフを片手で弄《もてあそ》びながらもう片方の手を振っている。

「タカ、久しぶりぃ～」

だらしない口調でいて、妙に艶《つや》っぽい声だ。それと同時に、近づいてきた男の顔がはっきりと視界に入り、祥は息を吞んで呆然としてしまう。

早朝、美貌の男に拉致された。それだけでも驚愕《きょうがく》の出来事なのだが、その数時間後にまた驚くべき美貌の男を目にしているのだ。現れた男の美貌は、自分をここまで連れてきた凜《り》々《り》しくたくましい男とはまったく異質のものだった。

とにかく、有無を言わせずに人目を引きつける。柔らかい印象を与える弓なりの眉と、切れ長の涼しげな目。筋の通った細い鼻梁《びりょう》をしていて、唇は薄く赤い。そういう一つ一つの繊細な顔の造りが、白く透き通るような肌と相まってなんとも言えず美しい。

彼の美貌を例えるなら、雑誌で見たことがある往年のフランスの美人女優のようとでも言えばいいだろうか。それでも、彼は間違いなく男なのだ。

「マキ、会いたかった」

二人は歩み寄ると、両手を伸ばして互いの体をしっかりと抱き合っていた。祥はそんな二人の姿をポカンと口を開いたまま眺めている。ぼんやりと考えていたのは彼らの名前だ。自分を拉致したのが「タカ」で、彼が言っていた「マキ」というのが出所してきた男だ。

祥のことは「マキに聞いてから決める」と言っていた。つまり、刑務所内から現れた美貌の男が祥の運命を握っているということになる。

それにしても、彼らはいったいどういう関係なのだろう。久しぶりに会って抱き合う姿は理解できても、単なる親しい者同士のハグにしてはずいぶんと長く情熱的だ。

奇妙に思いながら眺めていると、タカという男がマキの髪に指を入れてすくようにしながら残念そうに呟く。

「髪を切られたんだな」

「入所したとき、五分刈りにされたからな。それでも、刑期が短いんでそれっきり。四ヶ月でけっこう伸びたほうだ」

癖っ毛の柔らかそうなマキの髪は祥よりは少し短いものの、輪郭に張りつくように伸びていてそれが彼をいっそう小顔に見せている。そして、奇妙なことに刑務所にいて髪を染められるわけもないのに、彼の髪は脱色している祥の髪より明るい色をしていて、キラキラと朝日に輝いている。

「マキは短いのも似合うが、俺は長いほうが好きだ」

「すぐに伸びるさ。それより……」

そう言うと、マキという男は白いきれいな指先でタカのこめかみから頬、そして唇から顎《あご》へと撫でていく。

「塀の中の一人寝はつまらなかったな。タカはどうだった？　俺がいなくて寂しかったか？」

「俺はマキがいないと眠れない」

「四ヶ月も不眠症か？」

マキは薄く赤い唇を歪《ゆが》めるようにしてクスクスと笑い声を漏らしていたかと思うと、いきなりその唇をタカの唇に重ねる。

（え……っ？）

いきなりのキスシーンに目を白黒させたまま二人の様子を見つめている祥だったが、タカも祥の存在など忘れているかのように大胆にマキの腰を抱き寄せ、唇をより深く重ねていく。

まったく異種類の美貌を持つ二人は、その体型も違っている。タカはしっかり出来上がった筋肉が服の上からでも見て取れるくらいたくましい。同じ長身でもマキのほうはずっと華奢《きゃしゃ》だ。肩や胸は薄く、腰は細い。それでもちゃんと男とわかる体つきで、どこか中性的な印象だ。そんな彼らは男同士であってもそういう関係らしい。

ゲイのカップルの話題くらい、昨今テレビでもインターネットでもごく当たり前に見聞きする。その存在に驚くことはなかったが、実際のカップルを目の前で見るのは初めてだ。男同士というだけでなく、飛び抜けた美貌同士がキスをする姿というのは、なかなか刺激的なものがあった。

二人は互いの唇を存分に貪《むさぼ》ったあとゆっくりと体を離すと、マキはタカの胸に自分の両手を当て色っぽい顔で小首を傾《かし》げて言う。

「塀の中の垢を全部落としちまいたい。早くうちへ帰って一緒に風呂に入ろう」

あまり感情をあらわにしないタカが、このときだけはわずかに頬を緩めているのがわかった。だが、次の瞬間、タカは車のほうを見て微かに眉根を寄せた。

「マキ、実は……」

タカが車に向かうマキに言いかけたときだった。一足先に車のそばにやってきたマキが後部座席に座っている祥の存在に気づき、弓形の眉を持ち上げる。同時に、女優のようにきれいな顔が見る見る変わっていき、恐ろしげな般若《はんにゃ》のごとき目つきでこちらを睨みつける。

「おい、タカ。こいつはなんだ?」

マキの視線に捕らわれた祥はあらためて自分が置かれた立場を思い出し、恐怖で小さく唇を震わせた。タカがとりあえず助手席に促すが、それを無視してマキがもう一度たずねる。

「なんで俺の出所にこんなのを連れてきた?」

あきらかにこの場面に相応《ふさわ》しくない人間がいると思っているのか、さっきまでと違いひどく低い声になっていた。タカはそんなマキの態度を想像していたのか、ほとんど表情を変えないまでもその目に暗い影が差している。

「実は、仕事の現場を見られた。始末してくるつもりだったが、迎えの時間に遅れるわけにはいかなかったから、とりあえず……」

連れてきてしまったと言いたかったのだろうが、その前にマキの強烈な平手がタカの頬を打った。

「留守中の仕事もまかせられないのか？　まったく、俺の弟だとは思えない間抜けだな。がっかりだよ」

飛び抜けた美貌の持ち主が本気で怒っている顔というのは、これほどまでに怖いのかと祥は震え上がった。同時に、たった今何か奇妙なことを聞いた気がして、ちょっと頭の中が混乱している。

（えっと、「弟」って言った？　でも、たった今キスしてたけど……）

だが、そんなことをゆっくり考えている場合ではない。さっきまで柔らかく色っぽいほど女性的な笑みを浮かべていた男が、今は恐ろしく凶悪な顔つきになっている。その一瞬の変貌に祥は思わずゴクリと喉を鳴らし、口の中に溜《た》まった唾液を飲み下す。

祥をどうするかはマキに聞いてから決めるとタカは言っていた。タカよりは優しげに見えた男は、実はそうでもないらしい。完全に機嫌を損ねたようで、苛立《いらだ》ちも隠さず助手席に乗り込んできて乱暴にドアを閉める。タカもまた運転席に戻りシートベルトを締める。

「マキ……」

「黙って運転しな。話は帰ってからだ」

それっきりマキは何も言わなくなり、サングラスをかけてシートを深く倒し足を組んで前を向いている。タカは言われるままにハンドルを握り、ついさっき走ってきた道を戻る。時刻は七時半。ようやく町は一日の活動を始めようとしていた。

◆◆

人生はいつどんなところに、どんな落とし穴が開いているかわからない。どうやら祥はそんな落とし穴に落ち込んでしまったらしい。そして、どうにも逃げる術《すべ》が見つからない。

両手首に鍵のついた黒革の拘束具をはめられ、それには金具で固定されたフックがありチェーンに繋がれている。さらに、そのチェーンは部屋の片隅にある鉄の螺旋《らせん》階段の支柱に縛りつけられていた。

チェーンの長さはせいぜい一メートル。手や足を伸ばしても何にも届かず、ただそこに座り込んでいるしかないのだ。

それだけでも、数時間前にはまったく想像すらしなかった非日常の中にいるのだが、もっと奇妙で不可思議な光景が、さっきから自分の目の前にあるベッドの上で繰り広げられている。

見ていていいものかどうかわからないけれど、それは見ずにはいられないほど刺激的な行為。そして、彼らは祥の存在など、部屋に置いてある観葉植物程度にしか思っていない。そうでなければ、そんな赤裸々な会話と真似などできるわけもないだろう。

「入所のときに穴に指を突っ込まれちまってさ、思わず勃ちそうになった」

ともに裸で抱き合いながら、マキがその美貌に似合わないあからさまな言葉で冗談のように言う。それが刑務所に入るときの規則の一つだということは祥も本で読んで知っていた。入所者はまず持ち物をすべて出して、受刑服に着替える前に体を全部検査される。そのときに、肛門にも指を入れられて何も隠し持っていないことを確認されるのだ。

「中で無事だったのか？　マキを狙《ねら》う奴はいくらでもいただろう？」

「そんな奴らに指一本触らせるかよ。それに、俺はずっと特別扱いだ。他の受刑者によくない影響を与えるってんで独房暮らしをさせられていた。なにしろ、そのへんの小悪党とは違って素敵な前科持ちだからな」

マキの言葉にタカが苦笑を漏らしているのがわかった。マキという人間は感情の起伏が激しいようだが、反対に感情をあまり表情に出さないタカは、マキがそばにいると少しは笑みも浮かべたりするようだ。

彼らが兄弟というのは本当なのだろうか。抱き合ってキスをしていたばかりか、今はセックスをしている。祥はそれを置物になった気分で眺めながら、彼らの会話にひたすら聞き耳を立てていた。

「おまけに、食事も作業も個室で、風呂も他の連中とは別の時間に入っていた」

「マキがそばにいて、おかしくならない奴はいない。それは俺が一番よく知っている」

「人を化け物みたいに言うなよ。俺から見れば、おまえのほうがよっぽど奇妙な生き物だ」

どこまでも淡々とした口調のタカに対して、マキは車の中での不機嫌が嘘のようにテンションが高い。セックスで興奮しているだけでなく、ときには常軌を逸しているかのような甲高い笑い声を上げたかと思うと、タカに自らの体をぴったりと絡ませていく。

「ねぇ、嘗《な》めてちゃんと勃たせて。それに、後ろも使ってないから固くなってる。おまえの指と舌でほぐしてくれよ」

タカの耳元でいやらしげに囁《ささや》くと首筋に片腕を回し、もう片方の手でタカの黒髪を撫でて誘う。タカはそんなマキを太くたくましい腕でしっかりと抱き締めていたが、ゆっくりと体を横たえさせたかと思うと股間《こかん》に顔を持っていく。マキの性器を微塵《みじん》の躊躇《ちゅうちょ》もなく銜《くわ》えて、舌や唇で刺激を与えている。

盛大に上がるマキの喘《あえ》ぎ声を聞いているだけでも、祥の心臓は痛くなるほど速く打って、呼吸が苦しくなってくる。インターネットの動画でエロサイトを見ているときとは違う。たった今、目の前では本当のセックスが行われているのだ。

画面で見ているときのどこかしらけた傍観者の気分ではなく、あまりの生々しさに自分までが彼らの興奮の渦に巻き込まれていくようだった。

祥はこの歳《とし》になってもまだ女の子と関係を持ったことがない。ほとんど引きこもりのような生活をしてきたから、女の子と知り合う機会もなかったし、よしんば心を動かされる女の子がそばにいたとしても声をかける勇気はなかっただろう。

それでも、性欲までが体の中で引きこもっていたわけではない。人並《ま》みの好奇心はあるし、自慰だってしていた。そして、たった今アブノーマルなセックスを目の当たりにして、どうしようもないほど体が熱く火照っている。

（あっ、ああ、どうしよう。僕……、こんなこと……）

拉致されて、このあとどうなるともわからないまま拘束されているというのに、人のセックスを見て馬鹿みたいに興奮している。

そんな祥の様子などまったく目に入っていない二人は互いの体を嘗め合い、ときに嚙みつくほどの激しさで貪ることに夢中だ。そして、美しいマキの全身を大きな手で撫で回していたタカが吐息交じりに言う。

「マキが戻ってきてよかった。俺はマキがいないと駄目なんだ」

「俺もさ、おまえがいればいいよ。他の誰よりもおまえがいい。あのいかれた女と性根の腐りきった男が、よくもおまえみたいなのを作ってくれたもんだ。俺はいい弟を持ってラッキーだったな」

「俺はマキを守るために生まれてきたからな」

彼らが兄弟だとしても、血が繋がっていないとか、養子縁組の関係という可能性もあるのではないか。未だ自分の命の危険から完全に脱却したわけでもないのに、そんなことばかり気にしている自分もどうかと思うが、どうしても気になってしまうのだから仕方がない。同性であって、しかも近親相姦という禁忌。もし事実だとしたら、祥にとってはあまりにも衝撃的な現実だ。

「ああ、タカ。中にちょうだい。おまえの硬いので思いっきり擦《こす》って」

タカはマキが望んだように、準備を整えて己自身を彼の後ろの窄《すぼ》まりに押し当てている。本当にそんなことができるんだろうか。祥は新たな驚きとともに目を見開いた。すると、マキの尻に手をかけてそこを押し広げたタカが、勃起した自分自身を窄まりに難なく埋め込んでいく。

そして、またマキの嬌声《きょうせい》が上がる。祥は、潤滑剤を使って濡《ぬ》れて光っている二人の結合部分を喰《く》い入るように見つめてしまう。どうやら、彼らにとってそれはとても自然で、慣れた愛情の確認方法らしい。

「ああ……ぅ。いい……っ。もっと……」

「マキ……ッ」

マキの窄まりは充分に慣らされていて、タカの激しい抜き差しによって与えられる快感に身悶《みもだ》えていた。それでも、マキは足りないとねだる。

「タカ、もっと奥まで入れてっ。もっとおまえがほしい……っ」

二人が一つになるために使われた潤滑剤の濡れた音が部屋に響いていて、それがどうしようもなく祥の劣情を煽《あお》る。ゲイのカップルであっても、これほど美しい男同士があられもない格好で抱き合っているのを見ていれば、心がざわつき体が妖しく疼《うず》く。

祥がもじもじと身を捩《よじ》りながら、拘束具をはめられた両手で自分の股間を押さえる。マキとタカはどちらも飢えていたのを隠すでもなく、果てそうになるとそう訴えて激しく体を動かす。

「駄目だっ。今夜はもたない。マキ……ッ」

「タカッ。ああ……ぅ。も、もう、俺もいくから……っ」

タカが果てそうになったときマキもまたそう呻《うめ》いて体を震わせる。二人がほぼ同時に達したことは祥の目にもあきらかだった。だが、果てたのは彼らだけではなかった。

同じ部屋でその様子をつぶさに見ていた祥もまた、自分のジーンズの股間を濡らしていた。

こらえきれずに低い呻き声を漏らしてしまい、慌てて自分の二の腕に口元を押しつけた。その声を聞いて、弛緩《しかん》した体を重ね合っていたマキが、突然思い出したように覆い被《かぶ》さっているタカを押しのける。

「あっ、そうだった」

ベッドの上でコロリと体を横にしたマキは、部屋の片隅に蹲《うずくま》る祥を見る。

「すっかり忘れてた。タカが拾ってきた野良猫がいたな」

そして、思い出したように笑い出す。出所したばかりのときは、車の後部座席にいた祥を射殺しそうな目で睨んだマキだった。だが、この部屋に戻ってからは少し機嫌がよくなり、シャワーを浴びてタカとセックスした今は、すっかりリフレッシュしたようにさわやかな笑みを浮かべている。

感情が読み取れないタカの無表情も怖いが、猫の目のようにくるくると感情と表情が変わるマキの態度のほうが祥には怖いような気がした。

そのマキが裸のままベッドから下りてくると、祥の前に立ちこちらを見下ろしている。祥が俯《うつむ》いたままだったのは、顔を上げるとちょうどそこにマキの股間が目に入るからだ。今までタカと抱き合って、勃起し果てた生々しいものを直視する勇気はなかった。

「おまえ、泣いたり喚《わめ》いたりしないのは感心だ。でも、それだけじゃないようだな」

マキの言葉どおり、祥はただ身を屈めているだけではなかった。自分の股間を拘束具のはめられた両手で押さえながら真っ赤な顔をしている。二人のセックスを見て興奮して、一緒に果ててしまっていたのだ。もちろん、マキはそのことに気づいていないながらからかうような口調でたずねる。

「その格好はどういうことだ？　なんだか下半身の具合が悪そうじゃないか？」

「あ、あの、ぼ、僕は……」

言い訳したくても言葉が見つからない。それに、穿いていたジーンズは薄い生地ではないものの、股間にうっすらと染みが滲み上がってきていて、祥が果てたことはごまかしようもない。

初めて人のセックスを目の当たりにして、それが同性同士のもので、とびきりに美しい男たちの絡み合いだったのだ。十九の自分には充分すぎる刺激だった。でも、笑われても嘲《あざけ》られてもいい。どうせ自分は「始末」されてしまう身だ。

マキという男を最初に見たときは、タカという男より優しそうだから、彼に自分の処遇が託されるとしたら九死に一生を得たかもしれないと思った。だが、考えるまでもなく、マキは刑務所から出所してきた男だ。反社会的な行為をして服役し、出所の際に微塵も殊勝な態度を見せていなかった。感情の起伏が激しく、何を考えているのかわからないという意味ではタカ以上に不気味だ。

タカが仕事の現場を祥に見られたことを告げたときも、マキは激昂《げっこう》して彼の頬を打っていた。どうせよからぬ仕事だろうが、それだけに目撃者をこのまま解放してくれるとは思えない。今朝方の海では、自分は何も楽しいことを経験せずセックスもしないまま殺されるのかと諦めた瞬間もあった。

それが数時間ばかり命が延びて、セックスはできなかったけどものすごく興奮して射精までしてしまった。すでに終わっていたはずの人生におまけがついたようなもので、今度こそ覚悟をしなければならないと思っていた。だから、ジーンズの股間が汚れているのだって、もうどうでもいいことだった。

祥が開き直った気持ちで口を閉ざしてしまうと、マキがこちらを見下ろしたまま、まだベッドにいるタカにたずねる。

「身元は調べたか？」

「携帯と財布から得た情報でタイガに裏を取ってもらっている。おそらく嘘は言っていない。たまたま居合わせたんだろう。運の悪い奴だ」

明け方にリビングで顔を合わせた兄がこの事実を知れば、「薄暗い時間にふらふら出歩いているからこんな目に遭うんだ。言わんこっちゃない」と呆れられそうだ。もっとも、それも生きて自分の家に戻れたらの話だった。

「祥って名前らしいな？」

マキの裸体を直視できずにいる祥に名前を確認する。祥が俯いたまま小さく頷《うなず》くと伸ばし

た手を顎にかけられて、顔を強引に持ち上げられる。

「で、俺たちのセックスを見て興奮したわけ？」

嘘を言っても仕方がないので、このときも黙って頷いた。

「いい子だ。そういういやらしい子は好きなんだ」

そう言うと、いきなり祥の股間に自分の足の裏をグリグリと押しつける。果てたばかりで敏感になっている股間にその刺激は強すぎて、たまらず涙目になってマキを見上げる。

「い、いやっ。しないで……っ」

祥が呻き声とともに言うと、マキは小馬鹿にしたように笑う。

「人のセックスを見ていっちまうくらい盛りがついてんのか？　まぁ、まだガキだもんな。何見てもおっ勃つんだよな」

そう言いながらますます足に力を込めてくるから、祥は股間を守ろうとして前屈みになる。それと同時に、自分でも何を思ったのかよくわからないままに、目の前にあったマキの白い膝に唇を寄せ、ペロリとそこを嘗めてしまった。

それは多分、追い詰められてパニックになったネズミが猫に噛みつくような行為だったのかもしれない。ただし、噛みつくという攻撃的な行為ではなく、まるでマキの美貌にひれ伏すようにその膝を嘗めてしまったのだ。

すると、マキがちょっと驚いたように動きを止めた。咄嗟に祥はマキにぶたれることを覚悟した。あるいは、自分が嘗めた膝が、顎を蹴り上げてくるかもしれない。どこから痛みがくるかと体を硬くしてビクビクしていた。

ところが、しばらく経《た》っても痛みはこない。恐る恐る祥が顔を持ち上げると、そこには笑っているマキがいた。どういう意味の笑みかは祥にわかるわけもない。だが、彼はタカのほうに振り返ると言った。

「タカ、こいつ飼おう」

「え……っ?」

マキが思いがけないことを言い、タカが一瞬耳を疑ったようにこちらを凝視する。祥はポカンと口を開けてマキを見上げているだけだった。そんな二人を交互に見ると、マキは自分の思いつきにすっかりご満悦の様子で言う。

「前から一度ペットを飼ってみたかったんだ。ちょうどいいじゃないか。鳴き癖もないみたいだし、従順そうだ。それに、よく見たら女の子みたいに可愛い顔をしてるしね」

「トラブルを抱えることになるぞ」

「タイガに裏を取らせているんだろう。面倒そうならそのときは始末すればいいだけだ」

「しかし……」

「もう決めた。うるさく言うな」

マキは祥の手の拘束具を外し二の腕をつかんで立ち上がらせると、そのときちょうどベッドを下りてきたタカに祥の体をまるで物のように投げて渡す。

「汚れた野良猫を洗ってやりな。俺はコーヒーを淹《い》れておく」

タカの大きな胸に抱きとめられた祥は、おろおろしながらも二人の顔を見比べる。タカはどこか納得のいかない様子だったが、祥のことはマキに聞いてから決めると言っていたとおり、逆らいはしないようだ。

（あ、あれ……？　もしかして命拾いしたのかな？）

よくわからないけれど、もう少しだけ寿命が延びたことは確かなようだ。祥はタカに引きずられバスルームに向かいながら、自分の運命がわずか半日で目まぐるしく変わっていくのをどうにか受けとめようと必死だった。


脱衣所で洋服を全部脱ぐように言われた祥はいまさらながらもじもじとしていたが、タカのきつい視線に促され慌ててヨットパーカーとジーンズを脱ぎ捨てる。下着も靴下も全部まとめて洗濯機の中に放り込むように指示されて、黙って従ったら先にバスルームに入っていろと言われた。

このマンションに連れられてきたとき、その外観からして高級な物件であることに内心驚いていた。祥も経済的には恵まれた生活をしてきたと思う。ひとえに両親のおかげだが、都内のかなり広い戸建で必要なものはなんでも与えられて何不自由なく生きてきた。

ただ、こういう高級マンションというのは、テレビドラマや映画でしか見たことがない。それでなくても友達のいない祥だから、人の家とか他人の部屋というだけでも充分に新鮮だった。

バスルームもまた広くて、ゆったりとしたバスタブの奥にはガラスのパーテーションで仕切られたシャワーブースがある。どちらを使えばいいのだろうとぼんやり眺めていたら、あとから入ってきたタカに腕を引かれてシャワーブースのほうへと連れていかれる。

「じっとしていろ。洗ってやる」

そう言ったかと思うと温度調節された湯を頭からかけて、タカは黙々と祥の体を洗い出す。人に体を洗われるなんてことは一人で風呂に入れるようになってからは一度もない。照れくささと困惑で身を捩っていたけれど、タカのほうは人の体を洗うことに慣れているようだった。

本当にペットの体を洗うかのように手際よく、髪や体をあますところなくその大きな手で洗い上げていく。そのうち、自分でもペットの猫になったような気分で、祥は大人しくタカのされるがままになっていた。

まだ夜も明けない時間から、何度か殺されるかもしれないと思いながらもとりあえずまだ生きていて、なぜかこうして体を洗ってもらっている。

タカの手が触れて撫でていくととても気持ちよくて、祥はいつしか恥ずかしささえ忘れてしまっていた。触れられている理由は全然違うが、マキがタカの愛撫《あいぶ》にあれほど喘いでいたのもなんとなくわかった気がする。

この手は大きくて何もかも包み込むようで温かい。祥はいつしかうっとりとした気分でタカの顔を見上げていた。マキとまるで違うのに、タカという男もやっぱりきれいだ。それに兄弟にしては似ていないと思ったが、このとき祥はふと気づいてしまった。

顔や体の造りはまったく異なるのに、彼らはそっくりな逆三角耳をしている。それを見て、祥は二人が実の兄弟であることをあらためて確信した。

（確か、逆三角耳って頭がよくて大胆で、新しいもの好きなんだったっけ……）

祥の耳は彼らとは正反対の三角耳だ。小さい頃、兄に耳たぶを引っ張る悪戯《いたずら》をされ続けたせいだと思っていたが、母親と姉も同じような耳をしているからやっぱり生まれつきなんだろう。

体の特徴に気づき彼らが兄弟と確信したところで、もう驚いたり考えたりするのはやめた。わずか半日でたっぷりと奇妙な体験をしてきた祥にとって、そんなことはどうでもよくなっていた。それよりも、今は「マキ」と「タカ」という兄弟がどういう人物なのか知りたいという好奇心が疼いている。

いつからか人に対しての興味を失い、自分の人生に対しての期待も失《な》くし、帰属する場所もなく、家族さえ疎遠に感じていた祥にとって、それは久しぶりに心が動かされる出来事だった。

同時に、やっぱり殺されたくはないと思った。いまさらだけど、死ぬのはいやだ。苦しんだり、痛いのもいやだ。半ば引きこもりのような生活をするようになってから、何もかもが曖昧な中でぼんやり暮らしてきたけれど、今はまだ生きていて知りたいことがある。

奇妙な美貌の兄弟に拉致されてきた自分の命は彼らに握られている。とりあえず、ここで生き延びることが目の前の目的になった。そのためには何をしなければならないんだろう。

考えてもこの異常な状態ですぐに思いつくことはないし、タカがあまりにも何も話さないので息が詰まる。そこで、祥は恐る恐るながらもあることを口にしてしまった。

「あの、辰馬《たつま》っていう名前なんですか？」

祥の言葉にタカがわずかに片眉を持ち上げた。言葉にはしないが、なぜそれに気がついたと問いかけているのはわかった。

「ここへ連れられてきたとき、玄関の表札にそう書いてあったから……」

見るとはなしに目に入ったのだ。彼らにすれば祥のことは始末するつもりだったから、名前を知られることなどどうでもよかったのだろう。少し事情が変わった今も、タカは祥に突き放した態度で言う。

「俺たちのことを知る必要はない。知らないほうがおまえのためだ」

そして、洗い終えた祥に先にバスルームから出ろと促した。祥は言われたとおりにして脱衣所に出ると、バスタオルとシャツが用意されていた。洋服はまだ洗濯機の中だから、とりあえずこれを着ていろということだろう。

タカのものかマキのものかわからないが、どちらにしても祥には大きすぎて膝までのワンピースのようになってしまった。だが、これしか身につけるものがないのだから仕方がない。その格好でリビングへ戻っていくと、その奥のキッチンにいたマキから声がかかる。

「きれいにしてもらったか？　タカは上手に洗ってくれるだろう？　いつも俺の体を洗っているから手慣れたもんだ」

その言葉を聞いて、どうりで手際がいいと納得した。そして、タカの大きな手の感触を思い出して頬を赤くしていると、マキがカウンターの上に並んだ皿を指差して言う。

「おい、手伝え。これをテーブルに持っていきな。カトラリーはそっちの引き出しだ」

祥は慌ててキッチンへ入り、マキの手伝いをする。マキはまだシャワーを浴びていないので、紺色のナイトローブ姿で、朝食の用意をしている。鼻歌交じりにガステーブルの前に立っていたかと思うと、オムレツとカリカリに焼いたベーコンを載せた皿を突き出してくる。

そのとき、トースターからパンが音を立てて飛び出した。

命令されるままに朝食のテーブルを整えていると、タカがバスルームから出てきた。彼は上半身裸でジーンズだけを穿いた姿だ。バスルームでは気恥ずかしくてあまり見ることができなかったが、あらためて凛々しい筋肉が祥の目に眩《まぶ》しいくらいだった。

「コーヒーだけじゃなかったのか？　食事なら外に食べに行けばよかったのに」

タカが言うと、マキはキッチンとダイニングをちょこまかと行き来している祥を指差して言う。

「ペットを置いていけないだろうが。それに、家メシが恋しいんだよ。人の作ったメシばかり喰っていたからな」

そして、それは奇妙な朝食となった。服役から戻ったばかりのマキが作った朝食の席に着くのは弟のタカと、たまたま夜釣りをしていただけなのに拉致されてきた祥。だらしないローブ姿、上半身裸、借り着のシャツに下半身裸というまともな格好の者さえいないが、それはたいして気にすることでもない。

「野良猫のくせに上手にフォークを使うじゃないか。なぁ、タカ、案外面白いものを拾ったと思わないか？　俺は気に入っているがおまえはどうだ？」

そう問いながら、マキはフォークでベーコンを突き刺したかと思うと、自分の口ではなく祥の目の前に突き出す。それはまるで可愛がっているペットに気まぐれに餌を与えているような態度だ。祥がタカにチラリと視線をやったのは、こういう場合どうすればいいのかと無言で問いかけていたからだ。

何かのきっかけでマキが機嫌を損ねると、いろいろと厄介《やっかい》なことになるというのはこの数時間でもうわかっていた。祥としても自分の命がかかっているのだから、慎重にならざるを得ない。

だが、タカは祥の救いを求めるような視線に応えてはくれない。気づいていないのか、わざとなのかはわからないが、おそらく後者のような気がした。彼はマキが祥を飼うと言ったことに賛成ではない。だから、祥が何か粗相をしでかして、マキの気持ちが変わればいいと思っているのだ。

結局、どうしたらいいか判断がつかないまま、祥は差し出されたベーコンをパクリと食べた。それが一番自然な行動だと思ったからで、プライドもなければ特別な思惑もない。

すると、本当のペットのような行動を見て、マキはすっかり楽しくなったように大笑いをしている。そして、ベーコンだけでなくオムレツもちぎったトーストも自分の手で祥に与えては、それを素直に食べる姿を見てご満悦の様子だった。

タカもマキが楽しそうにしているのを見て、少しばかり苦笑を漏らしていた。そういうタカの顔を見ていると、祥はまた不思議に思うのだ。タカはマキが兄だから逆らえないというよりも、何かもう少し複雑な感じがする。自分にも兄がいるが、もちろん肉体関係など想像もできないし、必要以上に一緒にいたり干渉し合うなど考えられない。

やっぱり、彼らは奇妙な兄弟だ。そして、そんな兄弟と一緒に遅い朝食を食べている、今の自分の状況が一番奇妙で不思議なのかもしれない。

「それで、北村の件はどうなった？」

祥に食事を与えながら、ときには自分の口にもフォークを運びつつマキがタカに聞いた。「北村」という名前で祥がピクリと体を震わせると、このときはタカもこちらへ視線を寄こした。

「仕事の話は……」

「いいから、報告しな。どうせ何かを知ったところで猫は猫だ」

マキの命令でタカは祥が港で見聞きしたことをひととおり話すと、さらにつけ足した。

「奴らはもう使わないほうがいいだろう。仕事が粗い。いつかどこかでボロを出す」

「どうせ使い捨ての連中だ。それより、北村はしばらく表に出てくることはないんだろうな？」

塀の中にいたマキは、タカの仕事の結果を確認している。それに関してのタカの報告に、マキは一応満足したようだ。

祥は二人の話を聞きながら、彼らがなんらかの意思を持って、「北村」という人物を社会的に貶《おとし》めたらしいことは理解した。ただ、その「北村」が誰で、どんなふうに貶められたのか思いつかなかった。目的についても個人的な恨みという雰囲気ではなかったし、だったらどういう理由なのかと考えてもわからない。

未成年で親の庇護《ひご》のもとに厭世的《えんせいてき》に暮らしていた自分は、世間のことも時事についてもまるで関心を持たずにいた。マキとタカという兄弟が犯罪に手を染めているとしても、祥にはそれが糾弾すべきことなのかどうか判断もできない。

「それで、マキのほうは……」

今度は反対にタカのほうがマキにたずねようとして、今一度祥の存在を気にしたのか口を閉ざす。だが、マキは気にせずに自分のほうの報告を始めた。

「問題の男と接触して、きっちり裏は取らせてもらったさ。案の定、黒幕は海の向こうだ。脅しのネタを握っておいて、寝返らないよう釘を刺すつもりだろう」

「奴らが狙っているのは？」

「中西《なかにし》商事の案件だ」

「ということは、嗅《か》ぎまわっていたのは公安ではなく検察ということか」

「そういうこと。放っておくと面倒だ。さっさと根っこから引き抜いちまわないとな。それに……」

マキが言葉を止めて、手にしていたフォークを思いっきり皿の上のベーコンに突き刺した。尖《とが》った先端がベーコンを突き抜け、ガキンと皿に当たる音がしてマキがニタリと恐ろしげな笑みを浮かべる。それを見て祥は怯えを感じたが、タカは黙々と食事を続けながら先の言葉を促す。

「それに？」

「今回の件では、裏を取るために四ヶ月も臭いメシを喰わされた。その分の礼はきっちりとしてもらう。近頃、奴はずいぶんと好き勝手な注文を寄こしてくる。使い勝手のいい手駒だと思われるのは真っ平だ。まぁ、そのうちあの男とも決着をつけてやるさ」

「どうするつもりだ？」

「それは、まだ考え中ぅ～」

タカの言葉にマキはクックッと喉を鳴らして笑いながら、ふざけた調子で言う。けれど、その笑みには何か不気味で危険な匂いがしていた。

彼らの会話に黙って聞き耳を立てていたのは、もちろん自分の命がかかわっているからということもあるが、どうしても好奇心が先立ってしまうから。

彼らはいったい何者で、どんな仕事をしていて、どういう生き方をしている二人なのだろう。そのことを考えているうちに、祥は自分がみるみるうちに退屈と曖昧な日常からかけ離れていっているのを感じるのだった。

◆◆

その日の午後、マキとタカの二人は祥の手に再び拘束具をはめるとリビングの柱にチェーンで繋ぎ、どこかへと出かけていった。もちろん、行き先など教えてくれないし、何時に戻ってくるかもわからない。ぼんやり考えていたのは、このまま何時間も拘束されていてトイレに行きたくなったらどうしようということだった。

本当は命の心配やこれからのことを案じるべきなんだろうが、人間というのは突拍子もない事態に放り込まれると、結局はごく日常的で当たり前のことを考えるものらしい。

ところが、祥が用を足したくなる前に玄関の扉が開く音がした。することもなくリビングの床に寝転がっていた祥がハッとして顔を上げると、間もなくして一人の男が入ってきた。マキでもタカでもない。祥が驚いて目を丸くするが、男は一瞬目を見開いて祥を見たもののすぐに何か納得したように肩を竦めてみせる。

「そういうことか……」

男はタカ以上に長身で体格もいい。歳はおそらく五十を過ぎているだろうか。豊かな黒髪だが白いものが混じっている。それでも、精悍《せいかん》でたくましい体といかつい野武士のような顔をしていて、その目は相手を捕えて離さないエネルギーに満ちていた。

(だ、誰……、この人……?)

これがバトルゲームなら、新手の敵か思いがけない味方が現れたというところだろう。そのどちらとも判断がつかずポカンと男の顔を見上げていたら、彼がすぐそばまで近づいてきて祥にたずねる。

「おい、小僧、逃げたいのか？」

「え……っ？」

いきなりそんなふうに聞かれても、祥にはすぐに答えることができなかった。

「逃げたけりゃ逃がしてやるぞ」

どうやら思いがけない味方だったらしい。

「あっ、でも、僕、これが……」

もちろん、男の目には入っているだろうが、祥は自分の両手首にはまった拘束具を持ち上げ、そこから繋がっているチェーンも軽く揺らして見せる。すると、男は呆れたように溜息を一つ漏らすと、身につけていたライダースジャケットのポケットから針金のようなものを取り出した。それは針金状のものに突起部分がいくつかある特殊な器具のようだった。

まさかと思ったが、男はそれを使って簡単に祥の拘束具を手首から外してしまう。両手が自由になり、まるで魔法使いが現れたかのような目で男を見つめてしまう。

「洋服はどうした？　それはタカのシャツだろう？」

「えっと、多分まだ洗濯機の中かな。あの、二人のことを知っているんですか？」

男は何も答えずバスルームのほうへ行って、すでに乾燥まで終わっている祥の洋服を一式持ってきてくれた。

「さっさと着替えろ」

その命令口調はどこかタカに似ているような気がして、祥は黙って言われたとおりにした。もしかしたら、このまま部屋から解放してもらえるのだろうか。

この男はマキとタカのことを知っているようだが、どういう関係なのだろう。祥をここから逃がしてもいいと二人から言われてやってきたということだろうか。あれこれ考えてももちろん答えなどわかるわけもない。

「あの、僕、帰ってもいいんですか?」

「これ以上の面倒に巻き込まれたくなければ、さっさと帰れ」

「でも、あの二人に……」

追われて命を狙われるようなことはないのだろうか。意味はわかっていなくても、祥はあの二人が何やら悪事に手を染めていることに気づいているし、それに関してわずかながらも情報を持っている。そして、この場所も彼らの名前も知っている。

だが、男はそれについてもわかっているのか、小さく首を横に振って言う。

「今ならまだ俺がどうにか説得してやれるだろう。もううすうすわかっちゃいるだろうが、奴らにつき合っているとろくなことに……」

そこまで言いかけたとき、男はピタリと口を閉ざし素早くリビングの入口を振り返った。

驚いた祥が男の見たほうへ視線をやれば、そこには出かけたときとはまったく違う洋服を身につけたマキが立っていた。

（え……っ、いつの間にっ？）

足音も物音も気配さえもしなかった。だが、港で隠れていたとき、タカもマキと同じようにいっさいの気配を消してすぐ背後までやってきていた。

「タイガ、耄碌《もうろく》したのか？　自分の教え子に背後を取られちゃ駄目だろうが」

マキはヘラヘラと笑いながらリビングに入ってくると、手にしていたブティックの紙袋を放り出し、タイガの横をすり抜けて祥のそばまでやってくる。そして、身動きを忘れている祥の後ろに立つと、体を抱き締めるように両手を回してくる。

「ショウ、まさか勝手に帰ろうなんて思ってないよな？　おまえは俺たちのペットになったんだろう？　せっかくおまえに似合う洋服も買ってきてやったんだぞ」

マキの胸の中にすっぽりと背中から抱きかかえられた祥は、耳元でそんな言葉を囁かれて怯えから体を震わせる。自分が男の手を借りて逃げ出そうとしたことを責められていると思い懸命に言い訳を考えたが、マキの視線は向かい側に立っている「タイガ」と呼ばれた男に向けられている。

その名前もここにきてから一度聞いた覚えがある。確か、祥について裏を取らせるとか言っていたはずだ。要するに、彼もまたマキたちの仲間ということになる。なのに、祥を逃がそうとしたのはなぜだろう。

「俺たちとつき合っているとなんだって？　純粋無垢《むく》な青少年が不良になっちまうってか？」

マキが薄ら笑いを浮かべながら冗談っぽく言うが、タイガは無表情なままそこに立っている。そのポーカーフェイスはやっぱりタカに似ているが、ただタイガという男の目は彼ほど冷たくはない。年齢を重ねた目尻の皺《しわ》のせいかもしれないが、どこか優しげでどこか寂しげでもある。

「マキ、気まぐれで他人を巻き込むな」

「こいつが勝手に飛び込んできたんだ。なかなか従順だし、顔も女の子みたいに可愛いだろ？」

そう言いながらマキは祥の体を抱いたまま、頬に鼻先を押しつけてきたかと思うと、長い舌で頬をペロリと嘗める。マキは祥を野良猫と言いペット扱いするが、そういうマキの行動のほうがよっぽど猫っぽいと思った。

そんなやりとりの最中、あとからリビングへ入っていたのは大量の紙袋やボックスを抱えたタカだ。タイガはそんなタカの気配を背後で感じたのか、振り向かないままタカに言う。

「裏を取ったが、その小僧はなんでもない。おまえからも解放するようにマキに言ってやれ」

「無駄だ。マキは言い出したらきかない。あんたも知っているだろう」

タカが両手に持っていた荷物を全部床に置きながら言う。タイガはいよいよ呆れたように頭を振って、肩を竦めてみせる。

「なんでそうリスクを増やす？　それでなくても……」

「それでなくても、厄介で面倒な生き方をしているくせにってか？　そんなもん、いまさらだ。こんな人生なんだから、ペットくらい飼わせろよ。人並みのことをして何が悪い？」

「人並みというなら、ちゃんと動物を飼え。それは人間の小僧だ」

「しょうがないね。気に入っちまったんだもの」

「いざとなったら、捨てておしまいってわけにはいかんぞ」

「もちろん、いざとなったらこの手で始末するさ」

「だから、それが……っ」

タイガが言いかけたところをタカが彼の肩に手をかけて止める。

「俺が責任を持つ。それでいいか？」

彼らの会話を聞きながら、祥は自分の身がどうなるのか目をキョロキョロと三方に動かしながら動向を見ているしかなかった。だが、結局はタカの一言でタイガも折れて、祥はこのままここで飼われることになったらしい。

タイガはタカに何かメモ書きのようなものを手渡す。

「小僧に関する簡単なデータだ。名前や住所に嘘はなかった。どうやら半分引きこもりの大学生らしい。幸いと言っていいものかわからんが家出癖もあるようだから、しばらくは家族が騒ぎ立てることもないだろう」

それを聞いてぎょっとしたのは祥だ。朝にタカが依頼して、わずか半日でそんなことまで個人情報が調べられているなんて驚いた。マキやタカは充分に怪しげな人間だが、タイガという男もまた普通の人間ではないらしい。

そのタイガが少しばかり憐れむような目で祥を見たかと思うと、とりあえずの忠告として言う。

「小僧、家に連絡を入れておけよ。捜索願いなど出されたら、それこそ俺がおまえを始末しなけりゃならなくなる。穏便に家出していることにしておけ。それがおまえ自身のためだ。わかったな」

そして、タイガはタカの肩をポンと軽く叩いてから部屋を出て行こうとする。その背中に向かってマキが相変わらずヘラヘラと笑って声をかける。

「ねぇ、タイガ。俺、今朝出所してきたばかりなんだけど？　お祝いの言葉の一つもくれないのかよ」

タイガはその言葉に立ち止まって振り返り、苦笑混じりに言った。

「そいつはお務めご苦労だったな。もっとも、刑務所の連中もおまえを放り出せて今頃さぞかしホッとしているだろうさ」

「俺もそう思うよ」

マキはゲラゲラ笑いながら祥の体を抱いて玩具《おもちゃ》のように左右に揺さぶり、タイガの言葉に同意する。

タカと出会いマキが現れ、そして第三の怪しげな男がやってきて、祥にチャンスをくれたかと思ったら、それは一瞬にして消え去った。泣くほど悔しいとか、大きな溜息を漏らすほど残念だと思っているかといえば、そうでもない自分がいる。

「死」というものがすぐそばにあるかもしれないこの状況で、ここを出て行けなかった自分に安堵《あんど》している。本当に奇妙なことだけれど、祥はなぜかこのままこの部屋を去りたくはなかったのだ。


どうせ二、三日帰らなくても家族は心配しない。それでも祥はタイガに言われたとおり、母親にメールを入れて、しばらくは大学の友達のところにいるから心配しなくていいと伝えた。

もちろん、引きこもりの生活をしている自分にまともな友人がいないことは家族も周知の事実だ。信じてもらえなくてもかまわない。警察に捜索願いを出させないことが目的で、とにかく祥がどこかで元気にしていると伝わればそれでいい。

それに、両親はしばらく祥がいなくても、警察に届けることはないとわかっている。引きこもっていたかと思うと、原付バイクでどこかへふらりと出かけ、二、三週間して帰ってくるということを十六歳のときから何度も繰り返しているからだ。

そうして、祥は犯罪にかかわっているらしいゲイの兄弟に飼われるようになった。日本人離れした女性的な美貌の男が二十八になる兄で、辰馬槙雄《まきお》。黒髪の精悍な男が二つ下の弟で、辰馬崇雄《たかお》。なので、互いに「マキ」と「タカ」と呼び合っているわけだ。

マキは出所したばかりなので当然ながら今は無職だが、以前は知り合いの店でバーテンをしたり、違法賭博場のディーラーをしたり、金持ちのプライベートパーティーに呼ばれたりしていたという。

「パーティーに呼ばれるのが仕事なの？」

驚いてたずねると、マキは祥の世間知らずを笑い飛ばす。世の中にはあぶく銭をたっぷり持っていて、その使い道に困っている連中がいるのだという。そういう連中がパーティーを開くとき、自分たちの見栄や権力誇示のため有名芸能人を呼ぶのはありがちなことだが、飛び抜けた美貌の持ち主を金で雇ってパーティーに参加させたりするのだそうだ。要するに、パーティーを華やかにするための小道具の一つということだ。

「ああ、そうか。だって、女優さんみたいにすごくきれいだもの」

祥がマキの顔を見て思わずうっとりと呟く。男優とか俳優と言わなかったのは思いつかなかったから。マキの華やかさや色っぽさには、「女優」という言葉のほうがぴったりくる。

「俺は母親似。いかれてるところも母親に似たんだ。それで、冷静に物事を考えられるタカは父親似だ」

そう言ってマキが笑いながら教えてくれた。祥は二人の顔をあらためて見比べ頷いた。彼らの両親はともに美貌の持ち主で、二人は素晴らしい遺伝子を受け継いだということなのだろう。マキはソファに寝転がり、タブレット端末で戦闘ゲームをしながら話を続ける。

「タカは頭もいいが、何よりも体がすごいしセックスがうまい。おまえも見ていたからわかるだろう？　抱かれたら誰だってメロメロになる」

タカが男としてりっぱな体をしているのはわかる。今も二人が会話している横で、彼の日課らしい腕立て伏せをしている。男なら誰でもこういう体になりたいと思うような理想的な筋肉を持つ、ルネッサンスの美しい彫像のようだ。

「ガキの頃はチビで瘦《や》せっぽちだったが、十代後半から馬鹿みたいに背が伸びて、高校を卒業したあと自衛隊に入隊したら見る見るたくましくなっちまった。俺の自慢の弟だ」

そのタカはすでに自衛隊を除隊して、現在は知り合いからまかされているエア・ガンショップの経営をしているという。二人の暮らしぶりからして、かなり経済的にゆとりがあるように見受けられるが、エア・ガンショップというのはそんなに儲《もう》かる商売なのだろうか。

祥がそのことをたずねると、その質問にもタカではなくマキが答えてくれる。

「来客の数は少なくても、売れれば単価は高い。それに、あの商売は利益率が大きいんだよ。近頃じゃ、ネット注文も増えているしな」

とはいうものの、そんな商売は半ば道楽だと言うのだ。だったら、彼らの本当の生業《なりわい》はなんなのだろう。たずねてはみたが、それにはマキもタカも答えてはくれなかった。

マキと祥の会話の横で、タカは普通の腕立ての合間にときおり片腕を背中に回した状態での片腕立て伏せをしている。

マキが自慢する見事な体は自衛隊時代に作り上げられ、今も欠かさない日々のトレーニングで維持されているのだろう。港でナイフを持った男たちに取り囲まれても慌てることなく、全員をあっという間にねじ伏せたのもプロの訓練を受けていたからだと納得した。

ただし、セックスについてはよくわからない。祥はそういう経験がないからだ。同性とのセックスはもちろん、女の子との経験もない。そんな自分が、マキの言葉にしたり顔で頷くことはできなかった。

初めて見た男同士の激しい絡みを思い出せば、祥の頬は途端に真っ赤になってタカの体から慌てて視線を外してしまう。すると、祥の困惑を見逃さないマキがすかさず突っ込んでくる。

「おまえ、もしかして女も知らないとか？　十九にもなって？　駄目だろう、それは」

反論もできずもじもじしながら俯いていると、マキは思いっきり馬鹿にしながらも祥の体を抱き締めてくる。マキにしてみれば飼い猫を抱っこして可愛がっているくらいの気持ちだろうが、その温《ぬく》もりにひどく甘く危険な香りを感じて、祥の胸の鼓動は一気に速くなる。

刑務所に入っていたときも、周囲への影響が大きいと他の受刑者から引き離されていたというが、それも無理はないと思う。マキという人間のそばにいると、本当にいろいろな感覚が麻痺《まひ》してしまう気がするからだ。そして、正しい判断ができなくなる自分が怖くなる。マキの美貌はそれだけで凶器なのかもしれないと思った。

「それより、ショウ。おまえ自身のことだ。タイガの調査によると、とんだクソガキだな。不登校の引きこもりかと思えば、プチ家出か。悪くない家に生まれていながら、わがまま放題だな」

彼らの仲間らしいタイガという男は、わずか半日の間で祥の身の回りのことを調べ上げてきた。その情報を見てマキは呆れたように言うが、祥にも事情がないわけでもない。

「僕は要らない子だから……」

昨日、マキとタカが盛大にブティックの紙袋を持って帰ってきたが、自分たちの買い物の他に祥にも新しい洋服を買ってきてくれた。祥は与えられた新しいTシャツを着て、マキの寝そべるソファの横の床で体育座りをしながらボソリと言った。

タカはちょうど腕立て伏せを百回終えて、汗を拭《ふ》くために立ち上がった。そして、マキが横たわっているソファに浅く腰かけると、そんな祥の言葉を聞いて呆れたように言う。

「十九歳にもなって反抗期か？」

マキが皮肉めいた言葉を口にするのはしょっちゅうなので、聞き慣れてしまえばあまり傷つかない。けれど、口数の少ないタカに言われると結構こたえる。なので、祥はわずかにマキのそばへ身を寄せて言い訳めいた言葉を口にする。

「だ、だって、兄さんや姉さんがいれば、僕なんかいなくても同じだから……」

世の中には親に愛されない可哀想《かわいそう》な子どももいるが、祥の場合は愛されていないわけでなく単純に必要なかった子どもだと思っている。

「生まれてこなけりゃいいって言われたか？　それとも、死ねばいいのにってか？」

マキはしょぼくれている祥を見て、まるで弱っている虫に塩水でもかけるかのように毒を含んだ言葉を口にする。タカはそんな言葉を聞いて顔をしかめていて、祥もさすがに首を横に振ってみせた。

「そんなふうに言われたことはないけど、ただ遺伝子って不公平だと思う。いいものばっかりもらう子どもと、悪いものばっかりもらう子がいて、僕はどうでもいいのばっかりもらったみたい」

経済的には裕福な家庭に生まれ育ったと思うし、何不自由なく生活していた。成績は兄や姉ほど優秀ではなかったけれど、両親はそれを責めることもなかった。おとなしい性格は生まれつきで、友達は多くはなかったが、それでも学校生活が苦痛と思うほどのこともなかったのだ。

そんな祥が変わったのは十三歳のとき。ささいな出来事でクラス内に苛めの雰囲気が出来上がり、祥はその対象になってしまったのだ。

「理由なんてどうでもよかったんだ。誰かを苛めるってことが流行《はや》りだったんだから。一番の理由は、顔が女っぽいってことだったかな。クラスの女子がアイドルの誰かに似ているって勝手に騒いで、男子は僕が女子に騒がれて調子に乗ってるって言い出して……」

よく男の子は母親に似て、女の子は父親に似るという話を聞く。祥もマキと同じで母親似だ。もっとも、タカのようにちゃんと男親に似る者もいるのだから、やっぱり遺伝子は不公平だ。

それに、同じように母親に似ても、マキのような迫力のある美人顔になればいっそ怖いものもないのかもしれないが、中途半端なアイドル顔はときにはからかいのタネにしかならないということだ。

「他にも、雨の日に母親が傘を持って迎えにきて甘やかされているとか、卒業生の兄さんは成績優秀だったのに僕はいまいちだとかね……」

そんな些細《ささい》な理由から始まった苛めは無視されたりグループ研究の仲間に入れなかったり、体育でも組んでくれる相手がいなかったりというもので、けっして暴力的なことはなかった。だから、しばらく辛抱していればクラスの空気も変わって、そのうち自分を理解してくれる誰かが現れるんじゃないかと思っていた。

だが、こういうタイプの苛めは時間が経つほどに周囲との溝は深まり、距離は開いていくものなのだ。結局一年近く辛抱して、二年に上がったときのクラス替えに期待したが、身の回りにはなんの変化も起こらなかった。

嫌われる理由がわかれば直すし、人前で取り繕うこともできただろう。もともと自己主張の強い人間でもないし、むしろ協調性はあるほうだと思っていた。ところが、理由が曖昧で意味もないのだから対処のしようもない。十四歳で友人のいない孤独に耐えかねた祥は、そこで人生を一度投げた。もう学校など行く意味は見つからなかった。

十五歳になる前に学校へはほとんど行かなくなった。両親と担任が相談して、あれこれと登校のための環境を整えようとしてくれたが、もうクラスの一員でいようという気はなかった。向こうが必要ないというのだし、祥のほうも友人はいなくてもいいと思うようになった。

「ただ、中学中退では困るから、夏休みや冬休みに補習と追試を受けて、どうにか卒業証書だけはもらった。でも、高校への進学なんかどうでもよかったし……」

そこまで聞いていて、マキがタブレットを投げ出すと顔に似合わない下品な笑い声を上げ、そばに腰かけているタカの膝を手のひらで叩いている。大人の彼らにしてみれば、子どもの文句でしかない話には笑うしかないのだろう。

馬鹿にされても仕方がないと思いながらも、傷ついた祥は一瞬ムッとした表情になった。

だが、すぐに泣きそうに目尻を赤くする。それを見て哀《あわ》れに思ったのか、タカがマキの笑いをやんわり制止してくれる。

人の心の痛みはそれぞれだ。大人からすれば祥の告白は子どもの泣き言であっても、本人はそれなりに辛く、その経験によって考えることもあった。

「それからずっと不登校か？」

タカが真面目な顔で聞いたので、祥はその後のことも正直に話した。結局、高校は行かず通信教育で自宅学習をして、最終的には高等学校卒業認定試験に合格した。中学卒業から四年かかったのは、途中で二、三週間の家出を何度も繰り返していたからだ。図書館に通うために原付バイクを買ってもらい、行動範囲が広がったのがきっかけだった。

意味も目的もなく近県の行けるところまで行って、ネットカフェや漫画喫茶で寝泊まりし、ときにはいまどき珍しい場末の木賃宿を見つけて泊まったりもした。所持金がなくなれば一日かぎりのサンプリングや看板持ちのバイトをして、稼いだ金で家出を続ける。家族が想像もしないような真似をしていることが、祥にとってはちょっとした冒険だったのだ。

そもそも学校に行くのがいやなだけで、完全に引きこもりだったわけではない。人と接することが病的なほど苦手なわけでもない。ただ、心を開いて誰かと人間関係をきちんと構築することができないだけ。

大学を受験したのも、将来のことくらい考えているというデモンストレーション程度のつもりだった。それが、たまたま合格してしまってこの春から大学生になった。

「せっかく受かったんなら、なぜ大学に通わないんだ?」

「倍率が低そうだったから受験したんだけど、『人間科学学科』って何を勉強してもつまらないし……」

数週間は講義室におとなしく座っていたものの大学へ出かけるのも億劫《おっくう》になって、近頃の楽しみといえば夜明け前に釣りに出かけることくらいだった。ところが、人のいない埠頭で釣りをしながら野良猫と遊んでいたら、こんな目に遭ってしまった。

さすがに思いもしなかったことで、冒険と呼ぶにはいささか危険すぎる状況になってしまったということだ。

マキとタカは何か怪しげな仕事をしているようなので、祥が何か目的を持ってあの場に潜んでいたと思ったのかもしれないが、実際はそんなものは何もない。タイガの言うとおり裏もないし、タカの考えていたとおり偶然あの場に居合わせただけのこと。

「やれやれ、こんな甘ちゃんがのんびり暮らしているなんて、日本はなんて平和なんだっ」

マキが大仰に両手を広げ肩を竦め呆れて言えば、さすがにタカも庇《かば》う言葉がないと思っているのか黙っているだけだった。

「おまえは生きているってことの意味がわかってないんだよ。ぬるま湯に浸《つ》かりっぱなしでいたら、人間はそうなっちまう。ちょうどいい。俺たちがおまえの目を覚まさせてやる」

「そ、それって、どういうこと……？」

祥が目をパチパチと瞬《まばた》きさせながらたずねる。

「生きているってことを実感させてやるってことさ。なぁ、タカ」

マキの言葉に相槌《あいづち》を求められ、タカは少し困ったように笑い小さく頷く。タカがマキに逆らわない理由は、弟だからというだけではないと思う。マキは誰の心もつかんでしまう不思議な存在だが、そのそばから離れることのないタカもまた、祥にとってやっぱり謎だらけで不思議な男だった。

そんな二人が祥に「生きている実感」を教えてくれるという。それは、これまでの人生で祥が味わったことのないものかもしれない。彼らにそれを教えられるのは怖い気もするけれど、知りたいという欲求も確かにこの胸の中にあるのだった。

◆◆

曖昧な不安と退屈に満ちた日々が、怪しげな男たちの存在によってすっかりとその様相を変えた。

とりあえず飼われているといっても、そう扱いが悪いわけでもない。最初の二、三日は彼らがそれぞれの仕事のため外出するときには拘束具を使われることもあったが、そのうち祥に逃げる意思がないとわかるとそれも使われなくなった。

それでも祥は定期的に家にメールを送り、ときには家の留守電に伝言を残し、無事であることだけは伝えながらこの部屋を出て行こうとはしなかった。

もはや監禁されているわけでもなく、祥は自らの意思で彼らに飼われているということだ。部屋にいるかぎり、食事や風呂やトイレなど不自由はない。

夜になって眠るときは、必ず彼らの寝室に連れられていく。最初に繋がれた螺旋階段の上はロフトになっていて、そこには何かのファイルや雑誌の切り抜き、CDや古いビデオテープなどが山積みになっていたが、寝袋を開いて祥が眠るくらいのスペースはあった。

室温は快適なので毛布の一枚もあればそこで眠ることに文句はなかったが、問題はすぐ下のベッドで二人が抱き合う声が筒抜けということだ。そればかりか、ちょっと体を乗り出せば二人が裸で絡み合っている痴態が目に入る。

見ないでおこうと思っても、マキの甘い喘ぎ声がすればつい好奇心でのぞきたくなってしまうのだ。そして、自慰にふけってしまうのを止められない。それくらい、美しい二人の男が抱き合う姿は刺激的なのだ。

夜の商売やエア・ガンショップの経営をしているというこの奇妙な兄弟は、禁忌のセックスをしながら裏では何を生業にしているのかよくわからない。犯罪にかかわることだとわかっていても、それが社会的にどういう意味を持つのかわからないままだ。

それでも、「ショウ」と呼ばれてここにいると、祥はこれまでの自分とは違う自分を感じるようになっていた。元いた場所でも役立たずのいらない人間だった。もちろん、ここでも二人に飼われているだけのペットでしかない。けれど、図らずも新しい世界に放り込まれた祥は、手足をばたつかせながらも生きる実感というものを得ようともがいている。

そして、ときにはこれまでに感じたことのない、新鮮でいてハラハラするようなことも経験している。

「いいか、この写真の男のあとをつけていくんだ」

あるとき、祥はマキに言われたとおり誰とも知らない男を尾行した。マキは夜の仕事に出た翌日は昼までベッドで過ごすし、タカにはショップの経営がある。なので、こういう時間と根気のいる仕事をやらせるには、祥の存在は都合がよかったようだ。

早朝からずっとその男の行動を見張り、誰かと接触するところを映像で押さえるようにと、タブレット端末も持たされた。

四十過ぎのその男は一般企業に勤めていて、出勤後は昼休みまでオフィスビルを出てくることはなかった。近くの定食屋で昼食を摂ると午後中職場にいた男を、祥はずっとビルの外で見張り続けた。

人によっては退屈で飽きてしまう役目だが、バイトで看板持ちやサンプリングなどをやっていた祥には退屈に対する耐久性があった。なので、たいして苦でもなく夕方までそこにいて、夜の七時近くになってビルを出てきた男をまた尾行した。

男は真っ直《ます》ぐ帰宅の電車に乗ることはなく、途中で一軒のカフェに立ち寄った。祥も彼のあとを追って同じカフェに入り、さりげなく近くのテーブルに座った。

ジーンズにヨットパーカー、足元はスニーカーというスタイルで、肩にはデイパックをかけている。どこにでもいるような大学生を装っているが事実自分は現役の大学生で、まともに大学に通っていようがいまいが世間の目には変わらない。

尾行してきた男は、カフェの奥の席でコーヒーを飲みながらスマートフォンを眺めている。ときにはメールを送っていたりもする。ごくありきたりな帰宅途中の息抜きの光景だ。

しばらくしてそんな男のもとへ若い女性がやってきた。既婚か未婚かは知らないが、中年男が若い女性との逢瀬《おうせ》だろうかと思った。それも取り立てて奇妙な光景ではない。

ところが、やってきた女性とは向かい合って座ったもののまったく言葉を交わす様子がない。女性もまた自分のスマートフォンを取り出してそれを操作していたかと思うと、小脇に挟んでいた一冊の雑誌をテーブルの上に置いて男に差し出した。

それは、流行りのファッションで身を固めた若い女性が持つには少し違和感のある、報道を中心とした総合週刊誌だった。

祥はさりげなく足を組み替える振りをして座っている位置から身を乗り出し、テーブルの上の雑誌を確認する。男が雑誌に手を伸ばし開いた間には、茶封筒が挟まっているのが一瞬だったが確かに見えた。祥はタブレットのビデオ機能でその様子を一部始終撮影した。雑誌の間にあった茶封筒もうまく写せたと思う。

どうやら、この男女の間でなんらかの情報のやりとりがあったらしい。マキはまさにその現場をつかんでこいと命じていたのだ。

『いまどき、情報のやりとりは電話やメールだと思っているだろう。だが、そんなものは盗聴とハッキングで全部つつ抜けさ。一国の大統領の電話だって盗聴できる時代だからな。信用できるのは直接耳打ちされた言葉か、あとは……』

この時代になってもなお、信用できるのは紙に書かれた報告書なのだという。直筆なら筆跡を調べることができる。そして、情報を得たあとに報告書を燃やせば、それでけっして外に漏れることはない。デジタルな時代だからこそ、アナログの強みが見直されているのかもしれない。

祥が映像で押さえたそんな二人の様子がなんの役に立つのかわからないけれど、マキにそうしろと言われたからやっているだけのこと。それでも、自分が何か反社会的な行動をしているという思いに、祥はわずかな戸惑いとともにこれまでに感じたことのない興奮を覚えていた。

スポーツ選手は試合のときにはアドレナリンが噴き出してきて、普段以上の力で相手にぶつかっていくと言う。祥は夢中になるスポーツなどなく、それ以外のことでも自分の気持ちが異常に高ぶるような思いをしたことはない。

けれど、マキに命令されて行動しているときの自分は、これまでに経験したことのない神経の高ぶりや集中力を感じている。これが生きている実感といったらあまりにも安っぽい気がしたが、それでもこれまでの人生では感じたことのない緊張感がある。

しくじったらマキに叱《しか》られる。それがモチベーションとはいえ、それだけで理由は充分だった。自分のやっていることがいいことか悪いことかもわからない。そういう判断をするのはマキであって、自分は動くだけの駒なのだ。

そのうち誰かの尾行だけでなく、必要な書類やデータを言われた場所に受け取りに行ったり、持ち帰ってきたものをファイルに整理したりする作業もまかされるようになった。

ネットカフェで寝泊まりしているときに、ネットゲームやネットサーフィンにも飽きていろいろなソフトを弄《いじ》り回していたこともあった。なので、パソコン操作はけっこう得意なほうなのだ。

祥自身が命令されて集めてきたデータのファイリングだけではない。マキは夜の店で、タカはエア・ガンショップでそれぞれ情報を収集してくる。それらのデータを渡されると、祥は黙って整理作業をする。内容はよくわからなくても、特定人物の行動を時系列にまとめたり、写真の解明度を上げたり、電話の通話記録を分析したりするくらいはなんでもない作業だった。

どんなことでも、うまくできたときにはマキが褒めてくれる。まるで上手に芸ができたペットを褒めるように、抱き締めて鼻先にキスをしたりする。祥の大好きなターキッシュディライトを買ってきて、一つ一つ摘《つ》まんで口に放り込んでくれたりもする。

マキからのご褒美はいろいろだが、そのどれもが祥の気持ちをくすぐる。マキの膝で寝転がって頭を撫でられていると、本当にこのまま猫になってしまいたいと思うときもあるくらいだ。

それだけじゃない。ときにはお洒落な洋服で着飾らせて、タカとともにディナーに連れていってくれることもある。そんなときは、自分が役に立ったという実感が持てて嬉しくなるのだ。そして、いつしか祥の感覚は麻痺していき、とても重要なことを忘れていた。

定期的に家族にはメールを入れて、そんな二人との生活を続けていたある日のことだった。祥が何気なく見ていたテレビのニュースの中で聞き覚えのある名前が出てきてハッとしたことがある。

『今月八日、東京メトロ××駅構内にある売店において、万引き行為を行ったとして逮捕された現代経世研究所所長であり、経済評論家としても知られる北村明憲《あきのり》容疑者についての続報です』

今月八日といえば二週間ほど前のこと。タカが怪しげな中国人たちと港で密会しているのを見て、祥が拉致されたのが十日の明け方。あのとき聞いた名前が「北村」だったはず。

ニュースによれば、容疑者の北村は万引きの事実を否定しているが、彼の鞄《かばん》やコートのポケットから店の商品数点が出てきたことが証拠となり、東京地方検察庁は北村を起訴したとのことだった。

『奴はマスコミに叩かれてるね。もう駄目だよ。誰もあの男の話に耳は貸さない。日本はスキャンダルに厳しい。あんたらの希望どおりね』

彼らが話していたことを、たった今ニュースで聞いた「北村」に当てはめるなら、彼は万引きという冤罪《えんざい》によって社会的地位と信用を失ったことになる。つまりこれがタカの仕掛けたことで、マキの意向でもあり、二人の仕事ということになる。

マキとタカと一緒に生活している祥だが、二人が自らの意思で反社会的な活動をしているとは思えなかった。それでも彼らの仕事を手伝っていて、監視対象としてマークしている人物は祥が認識しているだけでも六人ほどいる。

おそらく、これらの活動についてはマキとタカもまた誰かの指示を受けて行っているのだろう。少なくとも今回の件では、経済評論家としての北村の活動を快く思わない者から、彼を失脚させてほしいという指示があったということになる。

特定の誰かから依頼を受けているのか、不特定多数の依頼人がいて金次第ではどういう内容でも引き受けているのかはわからない。どっちが真実であろうと、二人は犯罪に手を染めている。その事実を忘れて、マキに褒められることを単純に喜んでいていいのだろうか。

（これって、僕も犯罪の手伝いをしているってことだよなぁ……）

そう思うと、やっぱり内心複雑な思いに駆られる。「北村」の一件にしてもそうなのだが、もしマキとタカがそれ以上に重大な犯罪にかかわっているとしたら、当然のように祥もまた犯罪幇助《ほうじょ》という罪に問われることになるのだ。

けれど、今の自分にはどうすることもできない。ここを飛び出していって、警察に駆け込んで何をどう訴えたらいいのかもわからない。そもそも、家出少年の突拍子もない話に誰が耳を傾けてくれるだろう。

このとき、祥は彼らの行動について深く追及するのはやめようと思った。世の中のしくみをきちんと理解して、善悪を判断するということはとても難しい。それに、しょせん自分は彼らに飼われるペットでしかない。

（今はまだいいよ、このままで……）

諦めにも似た呟きが心の中で漏れる。自分はマキとタカのそばにいて、少し変わったような気もしていた。それなのに、難しいことに直面すれば考えるよりも先に逃げてしまう。そんな自分はやっぱり何も変わっていないのかもしれない……。

その日の夜、いつも以上にお洒落なスーツやジャケットを身に着け出かける用意をしている二人を見て、祥はリビングのソファでテレビをつける。一人の夜なら映画でも見ながら留守番をしようと思っていた。ところが、マキが祥にも着替えてついてくるように言う。

「食事に連れていってやるよ。気に入っている店があるんだ」

「本当にっ？」

「さっさと用意をしてこい。あんまりガキくさい格好はするなよ」

マキの言葉に祥は大急ぎで買ってもらった洋服の中で、夜に彼らと出かけるのに相応しいものを選ぶ。靴もいつものスニーカーではなくて、カジュアルスーツと揃《そろ》えるように買ってもらった革靴を履いた。

マキとタカの二人と出かけるのは楽しい。自分が美しい彼らの仲間だと周囲から思われるのは、なんとなく優越感に浸れるから。友達のいなかった祥にしてみれば、自分にとって特別な誰かがいるというだけで、くすぐったいような気分になれるのだ。

いそいそと二人についていけば、いつものように愛車のポルシェの狭い後部座席に押し込まれることになる。それでも、祥には心浮かれる外出だった。

マキが気に入っているという店は、都心から少し外れた閑静な住宅街にあるいわゆる隠れ家的なイタリアンレストランだった。

その夜のマキはとても機嫌がよかった。ワインを飲みながら、祥が興味津々でたずねる塀の中の生活について、面白おかしく語って聞かせてくれる。

「なんでも番号、号令さ。窮屈で退屈で最低な生活だ。といっても、それは娑婆《しゃば》で優雅な生活をしていた連中にとっての話。娑婆が地獄だった連中にしてみれば、塀の中はまさに天国みたいなもんだね」

娑婆が地獄だった連中というのはどういう連中なのか想像もつかない祥だが、それもマキが笑いながら話してくれる。

「地獄ったっていろいろあるさ。まぁ、何かに追われている連中にしてみれば、娑婆はもれなく地獄だろうな」

「追われてるって、借金取りにってこと？」

「それとか、ヒットマンに狙われている奴とかな」

「えっ、そんな人、本当にいるの？」

映画か小説のような話に祥が目をむいた。

「チンピラからけっこう大物までいたさ。娑婆に出たくない理由のあるそういう連中は、しょっちゅう騒ぎを起こして飛ばされていたな」

「飛ばされる？　どこへ？」

それは刑務所内の隠語だという。

「喧嘩したりして騒ぎを起こせば看守がやってきて、二人がかりでそれぞれ左右の肩を押さえて両手を後ろに引っ張り上げるのさ。そうすると、子どもが飛行機の真似をして飛んでいる格好になるだろう。そのまま独房へ放り込まれるって寸法だ」

そうやって定期的に騒ぎやトラブルを起こせば、模範囚として本来の刑期より早く娑婆に放り出されることもない。塀の中にさえいれば三食つきで雨風のしのげる場所で暮らせて、なおかつ命の保証はしっかりされている。借金取りに追われている連中やヒットマンに狙われている者にすれば、刑務所ほど安全安心な場所はないということだろう。

「マキも飛ばされたことがあるの？」

「俺は最初から独房暮らし。こんなにいい子なのになんでだろうね？」

ふざけて肩を竦める姿を見ながら、マキが出所してきたばかりのときのタカとの会話を思い出していた。

なんでもマキは周囲によくない影響を与えるからという理由で、最初から独房に入れられたらしい。風呂や作業も他の受刑者からは隔離されていたと言っていた。よくない影響というのはいろいろとあるだろうが、何よりもその容貌が問題だったのだろう。

「マキはきれいすぎるもんね。男の人ばかりの中に入れたら、それはいろいろと面倒なことになると思ったんじゃないのかな」

ごく素直な感想だったが、マキはいつものようにヘラヘラとふざけた笑いを浮かべ、タカもまた苦笑を漏らしていた。

そして、マキは思い出したようにタカに向かって一人寝の自分がどんなに退屈だったかを愚痴り出す。マキが服役した事情は詳しく知らないが、中にいる人物と接触して情報を得る必要があったかららしい。

出所してきたばかりのマキが言った言葉の断片は、他にも祥の記憶に残っている。『黒幕は海の向こう』、『中西商事の案件』、『公安ではなく検察』などの言葉の意味をどう解釈したらいいのかわからないけれど、これも祥が頭を悩ませることではないだろう。こうして食事に連れ出されていても、自分は彼らに飼われているペットには違いないのだから。

食事の席でもマキは祥はもちろんのこと、タカさえも従えているし、周囲の客や店の人間も圧倒してしまう。マキはいつだって特別な人間で、その美しさには性別を超えて誰もが視線を奪われてしまうのだ。

食事を終えて二人がエスプレッソを頼み、祥はデザートと紅茶を注文した。甘いラズベリージャムの入ったチョコレートムースを選んだ祥に、マキは小馬鹿にしたように「お子ちゃまだな」と笑う。

「少しは分けてあげてもいいと思ったけど、もうあげないよ」

馬鹿にされた祥は、いつになく拗《す》ねたように口答えをした。マキはちょっとしたことで激昂して凶暴になったりするけれど、しばらく一緒に過ごした祥にはその微妙なタイミングや彼の虫の居所がなんとなくわかるようになっていた。『鈍そうなくせに、そういうカンどころだけはいい』と、タカにも褒められたくらいだ。

それもあって、ときにはペットの分際でちょっと生意気なことを言ってしまう。今夜のマキはお気に入りの店で好きな料理とワインに舌鼓を打ってご機嫌だったので、祥の生意気な言い草も案の定笑い飛ばしてくれる。

「馬鹿だね。甘いものだけがデザートなわけじゃないんだよ」

そう言ったかと思うと隣に座るタカの手を取り、彼の指をデザート代わりに嘗めたり噛んだりしてみせる。ちょうどそのときエスプレッソを運んできたウェイターが、その様子を見て見ぬふりをしながら頬を赤らめているのに気づき、祥までがおかしくなり含み笑いをしてしまう。

そんなマキの悪ふざけにもまったく表情を変えず、タカはテーブルに置かれた二人分のエスプレッソにスプーン一匙《ひとさじ》ずつの砂糖を入れて丁寧に混ぜるとたずねる。

「それで、今夜はどこへ行くんだ?」

タカの言葉に、祥はレストランで食事をするためだけに出てきたわけではないと知った。マキは何も答えず、タカが自分の前に差し出したエスプレッソを一口飲んでから、祥の前に運ばれてきたデザートをスプーンで突《つつ》いて崩す。

マキのほうがよっぽど子どもっぽいとふて腐れたように睨むと、彼は意地の悪い顔でニタリと笑う。そういう顔でさえ恐ろしく魅力的だから、そばにいる者は誰もが心が妖しく乱されそうになるのだ。

結局、祥のデザートを食べもしないのに潰し、エスプレッソだけを飲んで唇についたわずかな泡をタカにナプキンで拭かせていた。そんなマキは店を出るまでタカの質問には答えなかった。そして、たっぷり二時間かけて食事を楽しんだあと、ポルシェに乗り込んでからマキがハンドルを握るタカに言う。

「それじゃ、少しばかりドライブに行こうか」

タカが車を走らせ、マキは鼻歌交じりで助手席の背もたれにゆったりと体を預けている。祥は後部座席で身を縮めて座りながらも、口の中に残るチョコレートデザートの余韻を楽しんでいた。

マキが目的地を言うまで、タカは無言で深夜の街を走り回る。この街はカオスだ。平和で安全な生活の裏にはあらゆる暗闇が渦巻いている。表面上ではそんなどす黒いものは見えない。見たくない人には見えないのだろう。祥もまたそういうものとは無縁で生きてきたけれど、今は少しだけその存在を知った。

あの日、まだ夜も明けない港でタカに殺されるかもしれないと思ったとき、祥は初めて己の「生」を意識した。皮肉なものだが、そうでもしなければわからないままだったかもしれない。

マキの言っていた「ぬるま湯」の意味も近頃はぼんやりとわかるようになった。本当に馬鹿げているけれど、以前の祥は自分がぬるま湯に浸かっていることさえ意識していなかったのだ。

逃げようとしないから拘束はされないが、自分に与えられた極めて曖昧な「生」はマキやタカの思惑次第でいつどうなるともわからない。けれど、祥は以前とは少し変わった自分自身をおもしろがっていた。

「そろそろ、時間になるな。Tホテルの地下駐車場にやって」

チラリと腕時計を見たマキがようやく行き先を告げたので、タカがその方向へとハンドルを切りながらたずねる。

「例の件に関する依頼か？」

「いいや、これは別件。余計なインテリジェンスを振り回してくれている面倒な奴がいるんで、始末してくれってさ」

それはタカにとって予想外の答えだったのか、チラリと助手席のマキのほうへと視線をやるのがわかった。

「いつ連絡があった？」

「昨日の午後にね」

マキの答えにタカがしばし黙り込む。

「なぜ受けた？　『中西商事』の案件もあるし、断ってもよかったんじゃないのか？」

「なんで？　金儲けにはなるだろ？」

「そういう問題じゃない……」

祥は二人の会話に聞き耳を立てながら、やっぱり彼らが誰かの依頼を受けてこういう仕事をしていることを確信した。

「マキだって、近頃は奴がずいぶんと好き勝手な注文を寄こしてくると言っていただろう。使い勝手のいい手駒だと思われるのは真っ平だとも……」

「もちろん、奴の手駒になる気はないさ。奴は俺たちにとっては単なる金ヅルだ。それ以上でもそれ以下でもない」

今夜は機嫌のよかったマキが、このときだけは一瞬険しい口調になった。タカもまた今回の仕事を引き受けたことを快く思っていないのか、黙り込んでしまった。タカが口を閉ざしていることは珍しくないが、今はあきらかにマキの行動に納得がいっていない様子だ。

少し酔っているマキはヘラヘラと笑いながら、そんなタカの機嫌をうかがうように運転している彼の太腿を指先で撫でている。長く白い指に薄いピンク色の爪《つめ》がタカのズボンの上から股間へと延びていく。

運転しているときにあまり過激な悪戯をしたら危険だと案じているのは、後部座席から二人の様子を見ている祥だけで、タカはそれくらいのことは慣れているらしい。

祥はまだ原付の免許しかもっていないが、それでもタカの運転はとてもうまいと思う。父親の車でキャンプやドライブに連れて行ってもらった子どもの頃の記憶とは比較にはならないだろうが、タカの運転はいつでもどんなところでも巧みでスムースだ。

そんなタカの運転する車が、都心にあるTホテルの地下駐車場に入っていき、マキの指定する位置へと進み静かに停車した。

「ところで、仕事を頼む連中は信用できるのか？」

「例によって、大陸からきたチンピラだからね。信用って意味じゃどうかな。それよりさ……」

そう言うと、マキはまたクスクスと笑い声を漏らす。マキには独自の激昂の感性があるのと同時に、独特の笑いのツボがある。

一緒に映画を見ているときも、殺戮《さつりく》のシーンでいきなり笑い出したり、人々が嘆き悲しむ映像で噴き出したりすることはよくある。そういう感性にゾッとさせられるときもあるのだが、それでもやっぱりマキはどうしようもないくらい魅力的なのだ。

そして、今回は何がおかしかったのかわからないが、タカがたずねるまでもなくマキが言う。

「最近不機嫌じゃないか？　何か拗ねてんのか？　もしかして、俺がショウを可愛がっているから妬《や》いているとか？」

それはタカにとって思いがけない問いかけだったのか、一瞬だけマキを凝視するとすぐに前に向き直り短く答える。

「そんなわけはない」

それは、タカがマキに対して拗ねるような理由などいっさいないという意味だろう。祥もタカが不機嫌な様子などうかがえなかったし、ましてや祥の存在でタカが妬くなんてあり得ないと思っていた。なのに、奇妙な質問をするマキにはそれが感じられるというのだろうか。

「なんだよ。面倒くさい奴だな。言いたいことがあるなら、言ってみなよ。優しいお兄ちゃんが聞いてやるよ」

マキは不機嫌になると一言も口を開かなくなるが、そうでないかぎり案外口が軽い。テレビのニュースを見ていても、一人で声に出してその内容に突っ込んだり難癖をつけたりしている。

当然のように、二人の会話でも八割はマキが話していて、タカはほとんど相槌を打っているか、確認のための質問をするくらいだ。

「俺の言いたいことくらい、マキは全部知っているからそれでいい」

「バァーカ。いくら弟でも全部わかってるわけじゃないからな。兄弟といっても、俺とおまえは違う。しょせんは別の人間だ」

マキが言ったとき、タカがわずかに眉間《みけん》に皺を寄せたのがバックミラーに映って見えた。同時に、マキ自身もいつものおふざけとは違い、少しだけ声のトーンが落ちたように思ったのは気のせいだろうか。

なんだか二人の間に普段とは違う空気が流れ、祥は彼らの後ろで口を挟むタイミングもないまま黙って様子をうかがっていた。やがて、マキが助手席で大きく伸びをしたかと思うとドアを開いて車から降りる。それを見て、タカも黙って従う。

「おとなしく後ろで隠れていろ」

祥はタカに言われるままにポルシェの狭い後部座席で身を低くして、外の様子を眺めていた。助手席の窓は少し下ろしてあって外での会話は祥の耳にも届く。

「五分前か。ちょっと早かったな」

自分の腕時計を今一度確認してマキが言う。マキはけっこうな腕時計のコレクターなのだが、普段はブライトリングというスイス製の時計を愛用している。ただし手首が細く華奢なので、レディース用の小型のクロノグラフだ。タカもまた同じブランドをつけているが、彼のほうはメンズ仕様の昔ながらのヘビーデューティーな航空時計だった。

普段使いとはいえかなり値の張るものだが、時計にかぎらず二人は自分たちが身につけるものを厳選している。特にマキは値段など気にもせず、気に入ったもの、似合うものは迷わず手に入れる。その反面、高価なものでも似合わなくて趣味に合わなければ見向きもしないし、チープなものでも気に入ればさりげなく着こなしてしまう。

「待つのは嫌いだ。タカ、俺を退屈させるなよ。なんでもいいから楽しませろ」

腕時計から視線を外したマキが言う。わずか五分でさえ待つのはいやだとばかり、無茶を言うのはいつものことだ。そして、そんなマキの機嫌を取るのはタカの役割だ。

マキは人を待つのも退屈も大嫌いで、すぐにふて腐れてしまう。マキが出所するとき、タカが急いで刑務所に向かったのもそういう理由だ。

タカは車にもたれているマキの体を抱き締めて唇を重ねる。もう見慣れているとはいえ、祥は二人が互いの唇を貪っている様を車の中から見上げて溜息を漏らす。

キスの経験もない祥はうっとりとした気分で二人の姿を見ては、マキの唇の感触はどんなふうだろうと想像してしまう。そして、タカの唇はマキの唇とは違うだろうかと考えたりもする。

(あっ、いけない。勃っちゃいそう……)

二人には暇潰しのキスでも、祥にとっては相変わらず刺激が強すぎる。祥は慌てて自分の股間を押さえて、彼らの姿から視線を外した。けれど、耳を塞《ふさ》がなければ、二人の声は聞こえてしまう。

「マキ……」

タカが名前を呼べば、熱い吐息がマキの唇からこぼれ、とろけるような極上の笑みが浮かぶ。

「俺はさ、ときどきおまえが俺の一部だったらいいのにって思うよ」

「俺はいつもマキと一緒にいる」

「まぁ、そうだろうけどね……」

マキはタカが弟でラッキーだったと言っていた。タカも当然のようにそう思っているのだろうか。二人を見ていると、兄弟である禁忌などまるでどうでもいいことのようだ。男女の仲でない分、間違って子どもができることはないし、いくらか罪も軽いと言えるのだろうか。祥にはやっぱりよくわからない。

ただ、二人は「好き」とか「愛している」という言葉など必要はなく、一緒にいられる関係がいいと思っているのかもしれない。

そうやってマキとタカが抱き合っていると、そこへ一台の車がやってくる。二人は互いの体を離して、その車がすぐ近くに停まるのを見ていた。

目の前に停車した車はかなりの年代もので、降りてきた二人の男たちも以前に港で見かけた連中と同じで、ひどく垢抜けない感じの男たちだった。

窓から恐る恐るのぞいて見ている祥にも、彼らが日本人でないことはすぐにわかった。ただし、今回の二人組は、港で見た連中よりももっと眼光が鋭く、油断のならない印象だ。

「偉い、偉い。ちゃんと時間を守れるようになったんだねぇ。郷に入っては郷に従えだ。おたくらの国にはこんなことわざはないのかもしれないけどね」

マキが冗談交じりに笑って言う。二人とも危険な匂いを垂れ流しているが、もちろんマキはそんなことなど気にもしない。怒るときも笑うときも、いつだって自分のペースを崩さない。

そして、マキがいれば交渉ごとはすべてやってくれるので、タカはそばでボディガード代わりに睨みをきかせているだけだ。

「さて、仕事の話だ。外務省のアジア局の立原《たちはら》という男がターゲットだ。ちょっと目障りになってきたんで、黙らせてほしいんだよ」

「写真と資料は？」

片方の中国人が思いのほか流暢《りゅうちょう》な日本語でたずねる。マキが顎をしゃくって合図をしたら、タカがジャケットのポケットからメモリースティックを取り出し、男に向かって投げた。

それは、祥がマキに頼まれてある人物に関するデータをまとめたものに違いない。「外務省アジア局の立原」という名前にはっきりと覚えがあった。

（黙らせるってどういうこと……？）

そのとき祥は少しいやな予感がして、さっき食べたチョコレートデザートの味に胸やけのような気分を味わっていた。

「黙らせればいいんだな？」

メモリースティックを片手で巧みにキャッチした男はマキに確認する。

「そういうこと。手段はまかせる。ただし、派手にはやるなよ。足がつくような真似をしたら、おまえたちが……」

マキは白く長い人差し指を一本立てて、それを自分の首に持っていくと、優雅ともいえる仕草でゆっくりと横に引いてみせる。もちろん、しくじれば足がつく前におまえたちを始末するからそのつもりでやれという意味だ。

「金は？」

「確認後に払う。受け渡しはまたこの場所だ。しくじるなよ」

「俺たちの仕事は速い。さっさと金を用意しておくことだ」

自信たっぷりでどこか鼻持ちならない態度がカンに障ったのか、マキはきつい口調で釘を刺す。

「調子に乗んなよ。こっちはその気になれば、いつだって在留許可を取り上げることくらいできるんだ。手を抜いた真似して、金だけいただこうなんて企むんじゃないぞ」

「どういう意味だ？　脅しているつもりか？」

「さぁて、どういう意味でしょう？」

茶化したようなマキの言葉に、相手が上着の内側に手を入れたかと思った瞬間だった。それよりも早く、マキの隣に立っていたタカがジーンズの背中に挟み込んでいた銃を相手に向けた。それは、祥の目にも止まらぬ早業だった。

タカの手にしている銃が、彼の店で販売しているエア・ガンだとしても、この距離で撃たれたらかなりのダメージだろう。だが、祥は直感でタカの構えている銃がエア・ガンではないと思った。

先に銃を突きつけられた連中は、結局自分たちの銃を出す間もなく苦虫を噛み潰したような顔をしてこちらを睨んでいる。

「だから、よけいな心配してないで、まずは働けって言ってんだよ。日本での暮らしは、儲かりもするが金もかかるだろうが」

氷のような美貌で命令を下したマキは、これ以上の言葉はないとばかり手を振って立ち去れと合図する。男たちは黙って自分たちの車に乗り込み、駐車場から走り去っていった。

仕事の依頼を終えた二人がポルシェに乗ったとき、祥はどうしようか迷ったものの我慢できずにたずねた。

「あの、黙らせるってどういうこと？　もしかして……」

殺害を意味しているということだろうか。もしそうなら、大変なことだ。先日の「北村」という経済評論家の一件についても、マキとタカが誰かの依頼で仕組んだ罠《わな》だと推測はしている。けれど、彼は社会的地位を貶められただけだ。

もちろん、それでも本人にとっては充分なダメージだろうが、命を落としたわけではない。だが、「立原」という男の場合はどうなるのだろう。

祥はいまさらのように怖くなって、後部座席から運転席のタカと助手席のマキの顔をチラチラと盗み見る。すると、マキのほうがニタリと赤い唇を大きく歪めるようにして笑った。

「もしかして、どうなると思う？」

冗談のように言う言葉が、祥の最悪の想像こそが正解だと教えている。

「う、嘘だよね……？」

震える声で言えば、マキが怯える祥を馬鹿にするようにゲラゲラと声を上げて笑う。こういうときのマキの神経が本当に理解できない。彼は恐ろしいことや不吉なことに怯えることがない。ときには、人の死というものをものすごく軽く考えているような気がする。

マキは少しばかりおかしいのかもしれない。人とは反応の仕方がどこかずれている。タカはそういうマキのことを何もかもわかっているからか、今もまったく気にする様子もなくマンションに向かって運転している。きっと心の中では、祥があまりにもいまさらで愚かな質問をしたと呆れているのだろう。

もし「立原」という男の身に万一のことがあれば、それはマキやタカがあの男たちに依頼して行われたことで、間接的とはいえその手助けを祥もしたということだ。そのことを考えると、祥の心はいつかの不安を思い出す。犯罪の幇助をこの手でしているという現実。そして、恐ろしいほど深い暗闇を見てしまったような気がして、怯え震える。

「どうだ、生きるってのは大変だろう？　少しは実感できてるか？」

祥は答えることができない。マキは祥に生きている意味がわかっていないと言っていた。ぬるま湯に浸かっているからだとも言った。祥はマキたちのそばにいて、自分がぬるま湯に浸かっていたことを否応なしに認めさせられた。同時に、「死」が近くにあると意識したとき、「生」の意味もあらためて理解した。

けれど、他人の「死」に自分がかかわるということの重さは、とうてい受けとめることができそうにない。

違う自分になりたかったし、マキの言うように生きていることを実感したいと思っていた。でも、こんなことで自分が生きていると実感するのは、なんだかとても恐ろしくていやな気持ちだった。

◆◆

怯える者を見れば、その人間のもっと恐怖に歪む顔が見たくなる。サディストというのはそういう心理らしい。マキもまたそういう部分を持っていると思う。

せっかくの楽しい外食のあと、彼らの仕事の依頼現場に立ち会ったばかりに、祥の心はすっかり塞ぎ込んでしまっていた。塞ぎ込むというより、すっかり考え込んでいた。それは、もちろんこのままでいいのだろうかという思いからだ。

タイガという男が一度は祥をこの部屋から逃がしてくれようとした。

『これ以上の面倒に巻き込まれたくなければ、さっさと帰れ』

彼はあのときそう言った。今になってあの言葉が身に染みる。あのとき帰ってさえいれば、自分はこんなふうにマキとタカという兄弟に深入りすることはなかっただろう。でも、あのときの自分には、その決断ができなかった。

(だって、帰ってもまた元の自分に戻るだけだと思ったから……)

日常の中にいきなり降って湧いたような非日常が、祥には何かの啓示のように思えたのだ。代わり映えのしない日々の中から抜け出していく勇気を持てない自分。両親の心配や兄の苦言よりも、そんな自分自身に一番うんざりしていたのだ。

だから、祥はマキとタカのそばにいたいと思った。そうすれば、否応なしに自分の何かが変わると思ったのだ。けれど、それは間違っていたのかもしれない。あるいは、世の中はそれほど甘くはないということだろう。

いずれにしても祥の心は戸惑いの中にあって、マンションに戻るとそのまま与えられている寝室のロフトに上がろうとした。今夜はさっさと眠りについて、ぐちゃぐちゃになっている頭の中を休めたかった。

ところが、マキはそれを許してくれなかった。マキはすっかり弱っている祥を呼びとめると、愉快なことを思いついたとばかりに言う。

「何も知らないお子ちゃまに、そろそろ大人のちゃんとした遊びを教えてやるとするか」

ひどく意地の悪い顔をしているけれど、それでもやっぱりきれいだからいやになる。マキという人間の中には、人を惑わす悪魔が棲《す》みついているのかもしれない。

「どうするつもりだ？」

確認するタカにマキは軽く顎をしゃくって命令する。

「ショウを抱いてやりな。俺たちのセックスを見て興味津々だったんだ。どうせなら自分で男に抱かれる体験をすりゃいい」

ロフトへの螺旋階段に片足をかけたままその場で止まっていた祥は、ぎょっとして振り返りマキの顔を凝視する。言葉は理解しているけれど、まさかという思いで頭の中が真っ白になっていた。

「な、何言ってるの？　どうして僕が……？」

「おまえは俺たちのペットだ。ペットをどう扱おうが飼い主の勝手だろうが」

本当のペットなら動物愛護管理法もあるが、残念ながら祥はそうじゃない。それに、人間だから自分の意思というものがある。でも、マキの前でそれを主張できるかと言われれば、はっきりいって自信がない。祥は慌てて救いを求めるようにタカの顔も見たが、相変わらずその感情は読み取れなかった。

（ど、どうしよう……）

二人のセックスはさんざんこの目で見てきたが、自分が抱かれることはまったく考えていなかった。そもそも、二人にとって自分がそういう対象になるとは思わなかったのだ。

困惑とともに頬が引きつって、泣き笑いのような表情になってしまった。だが、マキはカジュアルスーツのジャケットを脱いで部屋の窓際にあるカウチに投げると、タカに向かってもう一度言う。

「タカ、おまえが最初に抱いて、ちゃんと後ろも慣らしておけ。あとで俺がその気になったら、すぐに使えるようにな」

タカばかりかマキもそのつもりだとわかって、祥は本気で焦っていた。

「そ、そんなの、無理だよ。僕、したことないもの。きっと無理だから……」

さっきの仕事の依頼の件で犯罪について考えるだけでも頭の中が一杯なのに、いきなりセックスのことを言われても何がなんだかわからない。これ以上のことはもう勘弁してほしかった。

すっかりパニックに陥った祥は、後ずさるようにして螺旋階段を上がっていこうとした。

ロフトに上がり自分の寝袋に潜り込めば、逃げおおせると勝手に思い込んでいたのだ。けれど、そんなわけはない。マキの命令にはいつだって忠実なタカは、手足が震え尻で這うようにして階段を登る祥をあっという間に引きずり下ろしてしまう。

「いやだっ、いやだよっ。やめてよっ」

タカの強い力に逆らうことはできないとわかっていても、祥は二の腕をつかまれたまま懸命に暴れる。

「おまえはもう俺たちの仲間なんだよ。いいか、自分だけが逃げられると思うなよ。世の中はぬるま湯に浸かっていたんじゃ何も見えてこない。おまえがこの世の真実を、自分の目で見たかったのか見たくなかったのかなんてどうでもいいんだよ。見たくなくても、見なけりゃならないときがあるってことだ」

マキの言葉の意味は、焦っている祥の耳にはちゃんと届いていない。闇雲に暴れてみたが、結局はタカの手でベッドに体を投げ飛ばされて、祥は嗚咽《おえつ》を漏らし両手で自分自身を抱き締めているばかり。

そのとき、自らも半身をベッドに乗り上げたタカが、すぐそばでその様子を見ているマキに向かってたずねる。

「本当にいいのか？」

タカのマキへの問いかけがどういう意味かはわからない。今の祥にはそれを考える余裕もない。だが、マキの答えは明確だった。

「いいに決まってる。おまえは誰を抱いても俺のものだ。違うのか？」

その確信を持っているから、タカが祥を抱くことくらいなんでもないとマキは笑い飛ばす。

「それだけじゃない。ショウのことだ」

「ショウはペットだ。どんなふうに遊んだっていいだろう。俺の好きにするだけだ」

「マキがいいならそれでいい」

マキの言葉を確認したタカは祥の体を押さえ込み、驚くほどの手際のよさで身ぐるみ剝《は》いでいく。祥はあっと言う間に裸にされてしまい、股間を隠せばいいのか顔を隠せばいいのかわからなくなって体を丸めてしまう。

「おとなしくしていれば、そう辛いこともない。それに、慣れればおまえも楽しめることだ」

そう言ったタカの手で祥は簡単に体を開かれる。何をするかは二人のセックスを何度も見ているから知っている。けれど、自分の体が他人の手に触れられることさえほとんど経験がないのだ。慣れるなんてとうてい無理なような気がした。

それでも、タカの大きな手が祥の体のあちらこちらに触れていくうちに、以前彼にバスルームで全身を洗われたときのことを思い出した。

あのときは不思議なのだが、この手が自分の全身を撫でていくのを気持ちよく感じた。性的な目的がないとわかっていたし、タカのストイックな雰囲気もあって祥の体を洗う作業が業務的だったから安心できたのかもしれない。

けれど、今夜はあきらかにあのときとは違う。タカの手はすぐに祥の股間に伸びてきて、怯えから縮み上がっているものをやんわりと握る。それだけで、祥は掠れた悲鳴のような声を上げてしまう。

「こ、怖いっ。やっぱり、無理だよ……っ」

「落ち着け。痛いことをしているわけじゃない」

体を重ねてきたタカに苦笑交じりにそう言われて、ハッと我に返る。確かに、痛いわけじゃない。ゆっくりと呼吸をしろと言われて、もはや逃げることは適わないなら従うしかないと思った。

タカはきっと無茶なことはしない。笑顔も言葉も少ないが、彼は優しくないわけじゃない。マキに意地悪をされて困っているとき、さりげなく救いの手を差し伸べてくれるし、頼まれた仕事をするときも無理をするなと言ってくれる。

マキには逆らわないが、タカ自身の感覚は比較的常識的だと思う。だから、きっと大丈夫だと祥は自分に言い聞かせ、タカの愛撫に身をまかせて目を閉じた。

「んっ、んく……っ」

目を閉じればよけいに全身の感覚が鋭くなることを初めて知った。タカの手で嬲《なぶ》られている股間が疼きとともに熱くなり、祥はたまらず身悶える。

「あっ、ああ……んっ。はぁ……んふぅ……っ」

そのとき、なぜかうっとりとした甘えるような声が漏れてしまい自分でも驚いた。

「気持ちがいいのか？」

どちらかと言えばぶっきらぼうで感情のこもらない口調のタカだが、このときは彼の声色がとても優しく感じられて祥は目を閉じたまま頷いた。

「う、うん。なんか変だけど、気持ちいいような気がする……」

「いい子だ。マキの見立てどおり、素直な体をしている」

「そ、そうなの？　僕、何か変じゃない？」

不安は簡単に拭い去ることはできなくて、思わず祥はたずねてしまう。その問いかけの答えは重なってくるタカの唇だった。

「んふ……っ」

誰かとキスをするのは初めてのこと。人の唇の感触にハッとして目を見開いたけれど、相手がタカだとわかっているからか不快感はなく、むしろ何か温かいものを与えられているような気分だ。

たとえるなら、雛鳥《ひなどり》が親鳥に餌をもらっているような気分。最初はわからないままに唇を啄《ついば》まれていて、少し開いた唇に舌先が潜り込むのを感じ、やがてそれが自分の口腔を優しく嘗め回す感覚に祥の脳は酒にでも酔ったようにぼんやりと霞《かすみ》がかっていく。

（ああ……、これって……）

快感というものなのかと思った。そして、気がつけば祥はもっとほしいとねだるように、自ら舌先を差し出していた。すると、タカが珍しく小さく声を漏らして笑う。

「おまえはやっぱり妙なところだけカンがいい」

褒められたと思うと、祥の気持ちはまた少し楽になった。けれど、次の瞬間にはまたビクリと体が硬くなる。それは、タカの指先が祥の後ろの窄まりに触れたから。そこを使うことはわかっていても、体の他のどの部分にもまして、そんな場所は他人に触れられたことがない。

「大丈夫だ。無理はさせない。もう一度目を閉じておとなしくしていろ」

このときはわざとマキに聞こえないように、祥の耳元で囁いた。きっとあまり甘やかした真似をしていると思うと、すぐそばのカウチに座って二人の様子を眺めているマキが機嫌を損ねると思ったからだろう。マキが機嫌を損ねれば、またどんな無茶を言い出すかわからない。

タカはマキには逆らわないが、マキが無茶をすることを望んでいるわけではないのだ。日常のどんな些細なことでもマキの気のすむようにしてやりたいと思い行動している反面、マキ自身がそれで傷つかないようできるかぎり配慮しているような気がする。

今だって祥を庇っているようでいて、結局はマキを暴走させないための忠告だった。そして、祥は黙ってそれに従うしかない。タカの言葉を信じる以外に縋《すが》るものがないのだから。

「うう……っ、んくっ。あぅ……ぅ」

タカはマキとセックスするときにも使っている潤滑剤をたっぷりと用いて、コンドームをはめた長い指で祥の後ろの窄まりを探ってくる。

かなりの羞恥《しゅうち》もあるし、これまでに経験したことのないような圧迫感でどうしても体を硬くしてしまう。それを察するとタカは素早く指を引き抜いてくれて、楽になった祥が少し体を弛緩させるとまた指が入ってくる。

それが何度も繰り返されて、やがてはタカの指が二本になるのを感じて小さく体が痙攣《けいれん》する。潤滑剤が濡れた音を響かせるのを聞きながら感じているのは、痛みではなく甘くて不思議な感覚だった。

「もうそろそろいいだろう。さっさと喰っちまえ」

タカが初めての祥の体をある程度気遣うのは黙認してくれたが、さすがにマキが痺《しび》れを切らしたように言う。

祥もその頃にはトロンとした目つきになっていて、タカの腕で体を返されるままにうつ伏せになった。腰の下にクッションを一つ挟まれて、尻が軽く持ち上がる。

その様子を見てマキがカウチから立ち上がりベッドまでやってきて、タカに唇を重ねた。祥との口づけなど子ども騙《だま》しだと思えるような濃厚な貪り合いによって、祥が顔だけで振り返って見たタカ自身が一瞬で見違えるほど大きく膨れ上がっているのがわかった。

その大きさのものが自分を貫くのかと思うと、また祥の体が怯えに萎縮《いしゅく》しそうになる。けれど双丘《そうきゅう》が分け開かれて、窄まりに準備が整い充分に勃起したそれを押しつけられたらもう観念するしかなかった。タカのものは大きくて硬いけれど、けっして自分を傷つけることはないとひたすら自分自身に言い聞かすしかない。

「うあぁぁ……っ。うくぅ……っ」

その瞬間、思わず悲鳴が漏れた。

それは、下半身に熱く焼けた硬い棒が差し込まれたようなショックだった。祥はわずかに自由がきく上半身をジタバタさせて、両手でシーツをかきむしった。すると、マキがその姿をおもしろそうに見下ろしていたかと思うと、祥の髪をやんわりとつかむ。

染めてずいぶん経った茶色と黒が斑《まだら》になっている柔らかい猫っ毛が、マキの手の中で弄ばれている。だが、その感触にも飽きたのか、いきなり強く髪を握ったかと思うと祥の顔を持ち上げる。

シーツから引き離された顔は、涙と鼻水でぐちゃぐちゃだったと思う。そんな祥の顔を楽しそうに眺めると、いつかのように濡れた頬を長い舌でペロリと嘗められた。

その間にもタカのものはどんどんと奥に入ってきて、やがてこれ以上は無理というところまでやってきた。

「ショウ、動くぞ。息を吐くことだけ意識していろ」

タカの言葉を聞いて祥は半ベソで頷いたが、マキはそんなタカに呆れたように言う。

「タカは優しいねぇ。俺以外の誰かにそんなに優しくしたら妬けるじゃないか」

もちろん、マキ一流の嫌味も含まれている。そんなことはタカもわかっているはずなのに、なぜかこのときは祥の体の中にある彼自身がわずかに反応したのがわかった。

「さぁ、おまえもタカにいかせてもらうといいよ。後ろの味を覚えたら忘れられなくなる。ショウは可愛い俺たちのペットだから、ちゃんと可愛がってあげないとね」

その言葉が合図になって、タカがゆっくりと体を動かしはじめる。抜き差しは最初ゆっくりとしたものだったが、じょじょに速くなっていく。

「あっ、はっ、はぁ……っ、はぁ……んっ」

呼吸がどんどん荒くなっていき、最後はタカのスピードに祥はまったくついていけなくなった。それでも懸命にこらえていると、ふとした瞬間に体の中に独特の浮遊感のようなものが湧き上がってきた。

それは生まれては消え、消えては生まれる。やがて体全体がどうしようもないほど熱くなって、さっきの口づけで感じたようにまた頭の中には霞がかかっていく。突き上げるような興奮とともに、蕩《とろ》けるような感覚に全身が包まれていくようだった。

「ああーっ、あん……っ。んんぁ……っ」

知らない間に高い悲鳴のような喘ぎ声が漏れていて、それに続けて言葉が出そうになっていた。そして、まさに「気持ちがいい」と唇が言いかけたその瞬間、祥の股間が熱く弾けた。

わずかな間を置いて、体の中でタカが自分を解放したことがわかった。祥の内壁を打つものがそれだとわかり、このときはっきりと自分がセックスを経験したのだと認識した。

映像や画像で見ていたのとは違う。これまではセックスの快感を知らずにいたから自慰で満足していたけれど、この感触と熱に人が溺《おぼ》れないわけはないと思った。それほどに初めてのセックスは衝撃的でいて、怯えのあとに知った快感は甘い蜜《みつ》のようでもあった。

「初めてにしては上手にできたじゃないか。おまえさ、案外最初からこっちの人間なんじゃないか」

マキが自分の洋服を脱ぎながら笑って言う。こっちというのは、男同士でも平気だという意味だろう。祥にはわからない。たまたまこういう状況だったからタカの腕の中で果てたけれど、女の子ともこんなふうにできるだろうか。

ぐったりと力尽きたようにベッドに体を投げ出したまま、祥はぼんやりと考えてみる。まだ触れたことのない女の子の体はどんなふうだろう。タカのように硬くたくましくはないけれど、とろけるように柔らかいのかもしれない。

そんなことを想像していると、裸になったマキがベッドに上がってくる。最初に言っていたとおり、マキはタカが抱いたあとの祥の体を玩具のように撫で回してくる。途端に、祥は自分がどっち側でもいいと思った。タカが自分に触れたように、マキも自分に触れてくれたらいい。自分もタカやマキに触れてみたい。

そう思ってマキに手を伸ばそうとしたら、タカがマキの体を背後から抱き締めて祥のそばから遠ざけてしまった。ちょっとがっかりしたけれど、マキの愛撫の手は自分の胸や頬に届いているからいい。タカとは違うマキの愛撫は、性格そのものでちょっと意地悪っぽくて焦《じ》らしたりつねったりする。でも、痛みで飛び上がるようなことはない。

むしろその少し刺激的な愛撫が今は心地よくて、祥は小さく笑うと瞼《まぶた》を閉じた。そして、初めてのセックスに疲れ切った体は深い沼に沈み込むようにして、眠りへと落ちていってしまうのだった。

明け方、寝ぼけたまま寝返りを打とうとしたらなんだかいつもと違う感覚がして、咄嗟に目が開いた。ロフトの寝袋の中じゃなくてベッドの上にいる。どうしてだろうと考えて、すぐに昨夜のことを思い出した。

(そうだ。僕、タカとセックスしたんだ。それから……)

マキとはどうなったんだろうと考えて、コロリと寝返りを打って反対側を見る。ベッドの真ん中にタカとマキが体を寄せ合って眠っている。大人の二人なのに、そうやって眠っている姿はまるで少年のように無防備で邪気がない感じがした。きっと互いのそばにいるときの二人は、一番安心して気持ちを解放していられるのだろう。

それにしても、いったいどんな人生を送ってくればこんなにまで互いを必要とし、依存し合う兄弟になるのだろう。祥にも兄がいるが、まったく想像がつかないことだった。

いつか二人はそのことについて話してくれるだろうか。それとも、しょせんペットの自分はそんなことを知る権利もないのだろうか。二人の寝顔を見つめながら考えていると、タカが小さく顔を動かした。人の気配に目を覚ましたのかもしれない。そう思った祥は慌てても う一度体を返し、彼らに背中を向ける格好で目を閉じた。

「んん……っ」

タカの気《け》だるい吐息とともに、今度はマキの甘い呻き声がした。目覚めた瞬間の声から、マキは妖しげに人の心を乱す。タカの腕の中で小さく伸びをしている様子がわかって、二人は目覚めとともに互いの体をぴったりと寄せ合っている。

「今、何時？」

マキがかったるそうにたずねた。

「六時を少し過ぎたところだ」

タカが枕元のデジタル時計を確認したのか時間を教えてやると、マキは小さく舌打ちをして呟く。

「勘弁しろよ。塀の中じゃあるまいし、なんでこんな時間に……」

まだ塀の中の癖が残っているのか、早朝に目覚めてしまって腹立たしげに言う。マキが服役していた間、一人寝だったタカは不眠症だったと言っていた。冗談だと思っていたが、今は本当かもしれないと思う。

タカは同じベッドの片隅に祥が眠っていることなど気にしていないのか、マキの体を抱き締めているのが気配でわかる。

「朝っぱらからがっつくなよ。ああ……っ、んぁ……」

マキのからかうような声もすぐに淫《みだ》らな喘ぎに変わる。祥はますます起きることができなくなり、ひたすら体を硬くして寝た振りをするしかなかった。

唇の重なり合う音、体と体が触れ合う音、少し濡れた音とともにマキがまた微かに笑う。タカはマキの体を知り尽くしているし、マキの体はタカの愛撫にとても敏感に反応する。

「マキ……」

名前を呼んでマキの体を抱き締めるタカの動きに、ベッドのマットレスがわずかに軋《きし》む。祥はきつく閉じていた目をうっすらと開けたが、今朝は二人の抱き合う姿を目の当たりにする勇気はなかった。

ところが、ベッドの隅で丸まっている祥の目の前にはベッドサイドテーブルがあり、その上にアクリル加工のモダンな小物入れが置かれているのに気がついた。黒光りするケースの表面が鏡のようになって、祥の背後で抱き合うマキとタカの姿を映している。

マキの股間に顔を埋《うず》めているタカのたくましい背中が上下している。マキは大きく顎をのけ反らせて快感に少し伸びてきた髪を振り乱す。恐ろしいほどに艶《なま》めかしくて心高ぶる光景だった。

やがてタカが体を起こすと、コンドームをつけただけでマキの窄まりに己自身を宛《あて》がう。昨夜の祥は潤滑剤をたっぷり使い、タカの指で丁寧にそこを解《ほぐ》された。けれど、マキのそこにはそんな必要もないらしい。

コンドームについたわずかな潤滑剤だけで、マキはタカ自身を呑み込んでいく。少しだけマキの表情が苦しげに見えるのは、アクリル加工の反射による歪みだろうか。それとも、少しくらいの苦痛も二人のセックスでは快感に繋がっているのだろうか。

「うくぅ……っ」

そのとき、呻き声を漏らしたのはタカのほうだった。見れば、マキは悪戯っぽいいつもの笑みを浮かべている。きっとマキがわざと強くタカ自身を締めつけているのだ。タカは動きを止めてマキを恨めしそうに見下ろしている。

そんなことも二人にとってはセックスの最中のちょっとした遊び心なのだろう。すぐにマキが体を弛緩させ、またタカが抜き差しを始めた。

そのうちマキは声を殺せなくなり、祥の存在など忘れて思うままに身悶え喘ぐ。

「タカ……ッ。あっ、ああ……っ。すごくいいっ。もっと気持ちよくして。タカので俺の中をメチャクチャにして……っ」

その淫らに溺れる声が眠ったふりをして聞いている祥の官能を刺激する。荒くなってしまいそうな息を懸命に殺し、祥はひたすら身を硬くしていた。

「おまえがいいっ。他の誰もいらない……っ」

「俺もマキがいい。マキのためなら俺はどんなことでもする。マキの望みならどんなことでも叶えてやるから……」

二人のセックスをのぞき見ることはこれまで何度もあった。けれど、なんだか今朝の二人の会話はいつもと同じようで何か違って聞こえる。それが何かわからないまま、祥はずっと薄目を開けてアクリルのケースに映る絡み合った二人の様子を見つめていた。

「馬鹿だな。そんなこと言っても、どうせおまえだってそのうち俺が鬱陶しくなるさ。そのときは……」

「ならない。なるわけがないっ」

このとき、祥が一瞬ぎょっとして体を動かしてしまいそうになったのは、タカの声があまりにも焦っていて彼らしくなかったから。反対に、マキの声は優しく何かを諭す兄のような口調だ。そんなマキはやっぱりマキらしくない。

（どうしたんだろう……？）

祥は急に不安に駆られて心拍数が上がるのを感じていた。繋がったままの二人は、互いを見つめ合ったまましばらくの間動きを止めていた。タカがマキの体を貫いているのに、まるでタカがマキの体に縋っているように見えた。

「俺はマキが死ねというならそうする。だから、しょせん別の人間だなんて言わないでくれ。頼むから、俺のそばから離れないで……」

「タカ……」

マキがタカのたくましい体を自分の胸元へと引き寄せる。大きな子どもを宥《なだ》めるように、マキはタカの背中を優しく撫でる。そんな二人は祥が知っているマキとタカではないようだった。けれど、自分が彼らについてどれくらい知っているのかと思い返せば、名前やこの部屋で禁忌のセックスにふけり、怪しげな仕事をしているという以外何も知らないも同然なのだ。

彼らはいったい何者なのか。それは知らないほうがいいとタカが言っていた。たとえそうだとしても、祥の心ばかりか体ももう彼らの中に取りこまれてしまった。きっと知らないままではいられない。

『おまえはもう俺たちの仲間なんだよ。いいか、自分だけが逃げられると思うなよ』

マキは昨夜そう言って、タカに祥を抱かせたのだ。もし犯罪の手伝いをしてしまったとしたら、自分は彼らと同じだ。直接的には何もしていなくても、自分の手はこの世の穢《けが》れに確かに触れた。

それだけじゃない。マキは世の中には見たくなくても、見なければならないときがあるとも言っていた。それなら、祥はそれをこの目で見てやろうという気持ちになっていた。世の中の表も裏も、そしてマキとタカのすべてを見なければならないと思っていた。

◆◆

「だから、言っただろう。奴らにつき合っているとろくなことにならないとな」

そう言いながら、すっかり溝がすり減っていた祥の原付バイクのタイヤを交換してくれているのはタイガだ。祥は彼のすぐ横にしゃがんで、その手際よい作業を見つめながら何から聞けばいいか頭の中を整理している。

実際、本気でマキとタカのことを考え出すと、わからないことだらけなのだ。自分がこれまで生きてきた人生でまったく出会うことのなかった人間であることは間違いない。けれど、たった今目の前で祥のバイクの修繕をしてくれているタイガもまた不思議な男だった。

マキとタカに「タイガ」と呼ばれる彼の本名が「大河」という字を書く「おおかわ」だと知ったのは、つい先日のことだ。それまでは、てっきり「タイガー」という渾名《あだな》の人なのだと思っていた。それは彼のたくましい体や勇敢そうな顔つきで勝手に思い込んでいただけのこと。

彼は祥にも自分のことは「タイガ」と呼べばいいと言った。「さん」付けで呼ばれるのは苦手らしい。祥にしてみれば父親くらいの歳の彼を、渾名とはいえ呼び捨てにするのは抵抗があったが、それもすぐに慣れた。

タイガとマキたちの関係は古いらしく、今も必要があれば手も知恵も貸す関係だ。祥の拉致の一件でも、すぐにその身元を調べ上げていたし、港に残してきた釣り道具や原付バイクなども翌日にはピックアップトラックで全部回収して彼の経営するバイクショップに運び込んでくれていた。

祥がマキの許可を得て自由に出歩けるようになってから、タイガのところへは何度かメッセンジャーボーイとしてやってきたことがある。その都度、タイガには自宅にはきちんと連絡を入れろと念を押されていた。彼はマキやタカと組んで仕事をしたりもするが、表向きはバイクショップのオーナーで極めて常識人だった。

ちなみに、タカが任されているエア・ガンショップのオーナーもタイガなのだそうだ。以前は両方の店を一つの店舗内でやっていたが、タイガの人柄を慕って人が集まるせいか手が足りなくなって店を分けた。そのとき、エア・ガンショップのほうをタカに任せたのだという。

今日はマキが許してくれたので、タイガの店に自分の原付バイクを引き取りにきた。これがあれば誰かを尾行するにしても行動範囲が広がるから便利になる。そうやって自分が集めた情報が、よからぬことに使われるということについてはまだ戸惑いもある。

そのことをタイガに相談したいけれど、彼があくまでもマキとタカの味方だと思えば、どんなふうに質問したらいいのかわからなくなる。そして、何度も頭の中で質問を堂々巡りさせたあげく、祥が口にした言葉はあまりにも単刀直入だった。

「マキは自分がいかれてるって言うんだ。でも、僕はタカもおかしい気がする。それで、そんな二人と一緒にいる自分もやっぱり変になってしまった気がする」

祥の言葉を聞いたタイガは、タイヤ交換を終えて立ち上がるとともに声を上げて笑い出した。いきなりだったので驚きはしたが、タイガの笑いはマキのような狂気を含むことはなく、ごく当たり前に愉快だと思っている笑いだった。

「安心しな。それに気づいたってことは、自分がまともだってことだ」

そう言うと、タイガは工具を片付けてから作業着の上にジャケットを羽織り祥を昼食に誘う。バイクショップのガレージにかかっている時計を見れば、ちょうど昼の十二時になるところだった。

タイガに連れられていったのは近所にあるラーメン屋で、十二時になったばかりでもすでに満席で二人はしばらく列に並んで席が空くのを待っていなければならなかった。

「待つ価値はあるぞ。ここのラーメンは俺の知るかぎり最高だ。海外の戦場にいたときは、どうせ死ぬならせめて最後にここのラーメンを喰ってからなんて思ったもんさ」

そう語るタイガは十数年前までは自衛隊に所属し、その後は数年間傭兵《ようへい》として海外の戦地を渡り歩いていたそうだ。そして、高校を卒業したばかりのタカに自衛隊への入隊を勧めたのもタイガだったという。

「タカの身体能力はかなりのものだ。それに、どんなときでも冷静さを失わない。ああいう人間はいい兵隊になる。実際、タカは自衛隊にいた四年の間でありとあらゆる資格と技能と知識を吸収しちまった。タカの場合おかしいというなら、そういう人とはかけ離れた能力が異常かもしれん」

ようやく席が空き、祥はタイガとカウンターで並んで座る。やがて注文したラーメンが運ばれてきて、それを食べながらタカの自衛隊時代の話を聞いた。彼が四年で除隊届を出したときは、隊の上官ばかりか所属駐屯地の司令官までが必死に引き止めにきたという。

「でも、除隊しちゃったんだ。それって、やっぱり……」

「マキが待っていたからな。本当はあの兄弟を引き離してやろうと思っていたんだ。マキはともかく、タカのためにはそのほうがいいと思ったからな」

タイガはラーメンのスープを蓮華《れんげ》ですくって飲みながら何気なく口にした。けれど、祥にしてみればそれはちょっと気になる話だった。

「それって、どういうこと？」

「もちろん、おまえの言ってたとおりのことだ。マキはいかれちまってる。そんな兄貴の面倒を見るためにタカの人生はあるわけじゃない」

あっさりとものすごいことを言う。マキの性格が極端で、ときにはその異常性をそばにいて誰よりも感じてはいるが、タイガの言葉はそれに駄目押しをするように強烈だった。そして、タイガはあくまでもマキに厳しいような気がした。

「タイガはマキが嫌いなの？」

「嫌いなもんか。俺はこれでもあの二人をこの世で一番愛している男だよ」

そう言って空になったラーメン鉢をカウンターに置き、祥のほうを向いて付け足した。

「誤解するなよ。そういう意味じゃないぞ。要するに、奴らは俺にとって少しばかり特別な存在なんだ」

そういう意味というのは、つまり肉体関係のことを言っているのだとすぐにわかって、祥が同じく食べ終えたラーメン鉢を置いて真っ赤になる。すると、タイガはそんな祥の様子を見て、何かピンときたのだろう。一緒に暖簾《のれん》を潜って店を出た途端、祥の頭を軽く小突いて言った。

「おまえ、二人にちょっかい出されただろう?」

「え……っ。あっ、いや、その……、そんなことは……」

マキにはともかく、タカには間違いなく抱かれた。あれから寝室のロフトで眠ることはなくなった。二人は本当にペットの猫を自分たちのベッドに寝かせるように、キングサイズの彼らのベッドに祥を入れて眠るようになっていた。

二人のセックスをより間近で見ていることになった祥だが、当然のようにマキはちょっかいを出してくる。触ったり触られたりはしょっちゅうだが、マキが祥を本気で抱くことはないし、タカもマキが命令しないかぎりはあのときのような真似はしない。

「それにしても驚いたな。ペットを飼うと言い出したときはどうなることかと思ったが、案外これはこれでよかったのかもしれん。もっとも、おまえにとってはかなり重たい社会勉強になっただろうがな」

タイガは店に戻ると、祥に原付バイクの鍵を返してくれて、それと一緒にA4サイズの書類封筒を差し出した。

「渡しておいてくれ。頼まれていたものだと言えばわかる」

次のマキとタカの仕事の資料なのだろう。きっちりと封をされたそれを握り締め、祥は考える。この資料をもとにマキとタカはまた怪しげな不法滞在の外国人になんらかの依頼をし、その結果として誰かが社会で失脚する。あるいは、その命を落とすこともあるのかもしれない。

タカが自衛隊にいる間、マキは夜の店で働いていたという。その間はタイガがマキの身の回りの面倒を見ていた。そのときに、マキ自身が自分の身を守れるようにと、ひととおりの護身術から武器の使い方まで教えたそうだ。

だから、マキはタイガの教え子には違いない。自衛隊で訓練を受けたタカとタイガに学んだマキは、一般社会でいつでもその能力を活用できる。

ただし、二人は直接手を汚すような仕事はしない。汚れ仕事は不法滞在の外国人に依頼する。二人の仕事は、依頼前に徹底的に下調べをしてお膳立《ぜんだ》てすることだ。外国人に仕事を一から丸投げすると、その粗さのために簡単に足がついてしまう可能性がある。それと同時に、万一のときにはその連中をトカゲの尾のように切り離し、自分たちの身の安全を図るためだ。

そうやって考えると、この間の「アジア局の立原」のようなケースは異例なのだろう。以前にタカが港で会っていた中国人は日本語にも外国人特有の訛《なま》りがあったし、いかにもチンピラの風情だった。だが、祥も車の中で見ていた今回の依頼相手は日本語も流暢だったし、眼つきも普通の人間ではなかった。

おそらく、なんらかの理由で正式な在留許可を持っている連中なのだろう。そして、その道のプロとして仕事をしている。だから、手段さえも彼らにまかせるとマキは言ったのだと思う。

一緒にいて仕事を手伝っていれば、少しは祥でもあれこれと想像することはあって、それらはおおよそ外れてはいないと思う。

「ねぇ、マキとタカの仕事だけど、二人は誰から……」

それを確かめようとタイガに聞きかけたところで、彼が祥に向かって人差し指を立てて横に振る。それについては何も聞くなという合図だ。

「不思議なことだが、なぜかおまえはあの二人の懐に入り込んでしまった。だが、俺の忠告は同じだ。深入りはするな。戻れなくなるぞ。言っている意味はわかるな？」

顔はいかついがその目は優しいタイガが、このときだけは真剣だとわかる厳しさで祥を見た。黙って頷くしかなかった祥は、久しぶりに自分の原付バイクに跨《また》がり、受け取った封筒を持ってマキとタカのマンションに戻った。

マンションの駐輪所にバイクを停めて部屋に戻る途中、タイガに言われたとおり実家に電話を入れた。このときは留守番電話ではなくなぜか母親が出た。

『祥くん、どこにいるのっ？　どうして帰ってこないの？　ちゃんと食べてるの？　お着替えとかどうしてるの？』

この時間なら離れで華道を教えていると思ったのに、今日は何かの理由で休みだったのかもしれない。内心しまったと思ったが仕方がない。祥は適当な言い訳をして、自分は元気だし、釣りで知り合った友達のところで世話になっているから心配ないと告げた。

『その人、釣り仲間なの？　この間の伝言だと大学の友達だって言ってたんじゃないの？』

もちろん、その場しのぎの嘘だから矛盾も出てくる。母親がその友達についてあれこれたずね、迷惑をかけているんじゃないかなどとしつこく確認するので、祥は仕方なく近いうちに帰宅するからと言って強引に電話を切った。

直接会話するつもりではなかったのでちょっと焦ったが、母親は祥の声を聞いたことで少しは安心したかもしれない。タイガの言うとおりにしたし、もうしばらくは捜索願いが出されることはないだろう。祥はマキたちといる時間を稼げたらそれでいい。

部屋の合鍵は持たされているし電子キーのナンバーも教えられている。祥が部屋に入ってさっそくタイガから預かった資料を渡しにいこうとしたら、リビングから話し声がした。二人がそこにいるのだと思い足を向けたときだった。

「いい加減にしたほうがいいと言っているだけだ」

それはいつものタカの冷静な声だが、どこか強い意思が感じられた。祥はリビングの扉を開けるのをためらい、そこでしばし立ち止まる。

「何、それ？　俺に意見すんの？　だいたいおまえがしくじって連れてくることになったんだぞ」

「だから、ここへ連れてくる前に適当に脅して帰してしまうつもりだった」

それは自分のことだとすぐにわかった。もしかして、二人は祥の扱いについて揉《も》めているのだろうか。だとしたら、このタイミングで飛び込んでいくわけにはいかない。祥はリビングの扉の陰で身を潜めて、いつになく険悪なムードの二人の会話に聞き耳を立てる。

「ガキ一人のことで、おまえにとやかく言われるとはな。それとも、俺がショウを可愛がっているのがそんなに気に喰わないってのか？」

マキの声は普段のふざけたり小馬鹿にしたりという様子はまったくない。こんな話し方もできるのかというくらい真面目な口調だった。それだけに彼らの会話の真剣さが伝わってくる。

「ショウのことはいい。そんなことより、俺たち自身のことだ」

「俺のやり方に文句があるなら、いつでも勝手に出て行け。おまえなら自衛隊に戻るなり、なんでもやっていけるだろう。何も俺のそばにいる必要はないさ。だいたい、二十代も後半になって兄だとか弟なんてどうでもいいことだ」

「俺はマキのそばを離れる気はないと言ってあるはずだ」

ベッドで抱き合っているときとはまるで違う突き放した言い方をするマキに対して、タカはあくまでも自分のスタンスを変えようとしない。いったい、マキの本音はどこにあって、タカはマキにどうしてほしいのだろう。

タイガは二人のことには深入りするなと言うけれど、どうしても気になってこのままきびすを返してそっと玄関を出て行くことはできなかった。

リビングの中ではしばらくの沈黙が続き、やがてタカが口を開く。

「正直な気持ちだが、俺はもう奴の飼い犬をやっているのはいやだ。マキにもこれ以上手を汚してほしくない。あの男はしょせん他人だ。血の繋がりなど俺は信じていない。俺はマキだけがいればいいいと思って……」

タカが話し終わらないうちに、ガシャンと何かがぶつかって割れるような音がした。祥はびっくりして声を上げそうになったが、必死で口を両手で押さえた。

リビングをのぞき込むまでもない。マキが癇癪《かんしゃく》を起こして何か物を投げつけたのだ。

「俺はあの男のために働いているわけじゃない。奴は金ヅルだと言ってるだろう。それとも何か？　おまえは俺が奴に肉親の情でも求めていると思っているのかよ？」

「そういうわけじゃない。ただ、金のためなら他にも……」

「だから言ってるだろう。おまえなら何をやっても生きていけるだろうってな。俺はそうはいかないんだよっ。俺のココがいかれちまってるのは、誰よりもおまえが一番よく知っているだろうがっ」

マキは確かに普通の人と感覚が違う。美的センスに優れていて、人の気持ちを巧みに操る能力があり、残虐なことには極めて鈍感だ。そして、人の痛みや苦しみを楽しむという癖がある。

「だから、俺が一緒にいる」

タカが言った瞬間、また何かが倒れる音がした。そして、人の頬を打つ音。マキがタカの頬を打ったに違いない。何度も何度もその音がした。それはまさに狂気というしかない、容赦もためらいもない連打だった。祥は恐ろしくなってその場でしゃがみ込み、自分の耳を塞ぎたくなった。

だが、そのとき頬を打つ音が止《や》んで、タカがいつもとまったく変わらぬ声色で言った。

「気がすんだか？」

その一言でタカがいっさい抵抗しなかったことはわかる。タカの体格と腕力で抵抗すれば、それがマキを傷つけてしまうとわかっているのだろう。それでも、マキの興奮はまだおさまらないらしい。激昂した声でタカに怒鳴りつけている。

「うるさいっ。おまえは俺を見張っているだけだろうがっ。俺があの男の不利益になるような真似をしでかさないよう、ずっとそばにいて見張るように言われているんだろう？　だから離れないと言っているだけで、おまえの意思じゃないだろうがっ」

「違う。俺は俺の意思でマキといる。俺にはマキしかいな……」

「黙れっ、黙れよっ。タイガに言われて、俺を置いて入隊したくせにっ。今回だって、俺が服役していた間さぞかし清々していたんだろうがっ」

「服役は俺がすると言ったはずだ。自分が行くと言ったのはマキのほうだ。俺はマキの言うとおりにしただけだ」

「うるさいっ」

そして、また何かが壊れる音がした。

「どっちが塀の中へ情報を取りに行くかなんて、どうでもいい話だ。ただ、タカの見張りがない俺を世間に野放しにしたくないと奴が考えていることくらいわかっていたから、俺が入ってやっただけだ。どうせ俺にとっては馴染《なじ》みのある場所だしな」

マキの言葉にタカの返事はない。それは肯定を意味しているということだろうか。

「奴の思惑などどうでもいい。俺は自分の意思でマキのそばにいる。それだけは疑われたくない」

「どうだかね。おまえの意思なんか知ったことか。兄弟だといってもしょせんは別の人間だって言っただろ。だから、おまえはおまえで好きにしろよ。俺はショウを飼って気ままに暮らすさ。猫がいれば寂しくもないからな」

半ばやけくそのような言葉に、タカの小さな溜息が聞こえた。そして、このときばかりはタカはきっちりと反論をした。

「ショウには帰る場所がある。家族もいる。俺たちとは違うんだ。いつまでもここで飼っているわけにはいかない」

タカがそんなふうに考えているとは思わなくて、祥は少しばかり驚きと戸惑いを感じていた。港で拉致されたときには本気で殺されて、海に放り込まれると思っていた。ここへ連れられてきてからも、しばらくはいつ彼らの気が変わって物言わぬ遺体となり、「行方不明の大学生が山中で発見」などというニュースで世間を騒がせ、家族を泣かせるやもしれないと思っていた。

けれど、あれは単なる子どもへの脅しだったらしい。実際祥はそれで何度か「死」を意識したのだから、彼らの脅しは成功していたわけだが、結局はマキの気まぐれで話がまるで違う方向に進んでしまい、タカにしてみればその収拾をつけなければならないと考えているのだろう。

タイガが一度祥を逃がそうとしてマキと口論になりかけたとき、タカがタイガを諭して自分が責任を持つと言ったのはこういう意味だったのだといまさらのように理解した。

そして、祥だけの問題ではないということを、タカは別の言葉でマキに知らしめる。

「それに、ショウはしょせんペット代わりだ。マキの体を満足させられるのは俺しかいないだろう」

何があってもマキの望むままにさせて、自分の主張というものを表に出すことのないタカが、そこまできっぱり言ったことに驚いた。だが、言われたマキはもっと驚いたのかもしれない。そして、怒りがピークに達したのか、しばらくの沈黙のあとマキは彼の声とは思えないほど低く恐ろしげな声で言ったのだ。

「おまえ、俺にそういう口をきくのか？　鬱陶しい奴だ。いっそ殺してやろうか？　あの女みたいに、体中穴だらけにしてやってもいいんだぞ。そうすれば、わずらわしい見張りもいなくなって、俺はやりたい放題やれるしな」

あり得ないことだけれど、その声を聞いたとき祥はマキの体に悪魔が憑依《ひょうい》したのかと思った。それくらいマキの声色は異様な邪気を含んだおどろおどろしいものだった。

（あの女って誰？　血の繋がりのあるあの男ってどういうこと……？）

そんなことを考えながら、祥はへたり込んだままリビングから離れ玄関に向かう。這うようにして玄関ドアを開けて一度外廊下に出ると、そこで大きく深呼吸をして早鐘のように打っている心臓を無理矢理にでも落ち着かせる。

それからおもむろに玄関ドアを開け直し、わざと大きな声を出す。

「タイガから何か預かってきたよ。マキ、いるの？　タカもいる？」

少しくらいわざとらしくても、そんなことは気にしている場合ではなかった。さっきのマキの声を聞けば、タカの身に何かあっても不思議ではない。

祥は覚悟を決めてリビングのドアノブに手をかけ、目一杯無邪気な様子でそこへ入っていった。そして、当然のように中の様子を見て驚く。

「うわっ、な、何、これ……っ？」

リビングのガラスのコーヒーテーブルは割れて、壁のデッサン画の額は床に落ち、想像していた以上の惨状となっていた。タカの唇は切れて血が滲んでいる。マキは不機嫌そうにサイドボードの前に立って、引き出しから何かを取り出そうとしているところだった。

その手にはナイフが握られているのを見て、祥は内心悲鳴を上げていた。けれど、それも懸命に呑み込んだが、背中には一筋の冷や汗が流れていた。

あと少しこの部屋に戻るのをためらっていたら、マキは本当にタカを刺していたのだろうか。もちろん、プロの戦闘訓練を受けたタカだから、マキの攻撃をかわすことはできただろう。だが、マキもまたタイガから訓練を受けているというし、何より彼はタカを精神的に服従させている。命にかかわる事態が起こっていたかもしれないと思うと、祥はあらためて恐怖に震え上がっていた。

それでも、事情などまったくわからない素振りで、きょとんと二人の顔を交互に眺める。すると、マキはふと正気に戻ったように、いつものシニカルな笑みを浮かべナイフをさりげなく戻して引き出しを閉める。

「帰りが遅いから、猫が逃げ出したかと思っていたんだ」

マキが祥に向かって言うので、慌てて首を横に振って言い訳をする。

「違うよ。タイガにバイクのタイヤを交換してもらって、それからお昼にラーメンを奢《おご》ってもらったから遅くなったんだ」

そう言いながら預かってきた封筒を差し出すと、タカが黙ってそれを受け取る。

「あの、何かあったの？　なんでこんなことに……？」

もちろん理由は知っているが、茫然としたふりで割れたコーヒーテーブルや落ちた額縁を交互に見てたずねる。

「さぁ、なんででしょう？」

肩を竦めていつもの調子ですっとぼけたマキは、そのまま寝室に閉じこもってしまった。

タカはそんなマキを見送り、自分の切れた口元を拭いながら小さな溜息を漏らした。

そして、祥を見るといつもの感情のない口調で片付けを手伝うように言うのだった。


祥《しょう》がタイガのところから何かの資料を持ち帰り、マキとタカが言い争いをしていた日から三日後のことだった。

祥が朝のテレビを何げなく見ていたら、路上で心臓麻痺《まひ》を起こして亡くなった人のニュースが流れていた。来週にもアジア某国へ赴任となる予定だった立原《たちはら》という外務次官が、現地へ赴任する直前に路上で倒れてそのまま命を失ったということだった。

あまりにも不自然で不審な死に多くの人が関心を持つだろうと思われたニュースだが、不思議なことにそれは第一報の報道のみで、その後の捜査についての報道はいっさいない。結局は大手新聞の片隅に、死因は心筋梗塞《しんきんこうそく》によるもので、近日中に新たな某国への次官が決定するだろうという小さな記事が掲載されただけだった。

あきらかにどこかからの圧力がかかっている。そう思わざるを得ない記事だった。そして、それはマキとタカがあの駐車場で依頼した仕事に違いなかった。それだけではない。あえて事件と呼ぶなら、祥もまたそれを幇助《ほうじょ》したということだ。

ニュースを見てからというもの、はっきりと自分の手を汚したのだという澱《おり》が溜《た》まり、同時に思ったことは親や兄弟に申し訳ないという気持ちだった。図らずも久しぶりに電話で母親の声を聞いたこともあり、家族のことについて考えていた。

マキとタカは兄弟であり家族でもある。そして、祥には祥の家族がいる。甘やかされたり干渉されたり、苦言を聞かされたり放任されたり、何もかも鬱陶しいと感じるときもあった。今もまだそう思う部分はある。

けれど、そういうふうに感じる理由をよくよく考えてみれば、それは往々にして己の不甲斐《ふがい》なさや心の弱さを自分自身で恥じているからだと気づいた。そして、血の繋《つな》がりというものは、切っても切り離せないということもあらためて思い知った。

タイガの言うように、祥はマキとタカのそばで生きている実感を得たかもしれないが、それとともに重い現実を抱えることになった。

今回の事件については、後悔してもしきれないかもしれない。やがては己の過ちに心が苛《さいな》まれる日がくるかもしれない。けれど、若さと愚かさはときには自分に対する巧みな言い訳をする。そうでもしなければ、生きているのが辛くて耐えられなくなるから、心は懸命にバランスを取ろうとしているのだろう。

（立原って人は国を売っていたんだ。だから、仕方のないことなんだ……）

マキに言われて立原の資料や情報を一つのファイルにまとめたのは祥だ。それによると、立原は外務省の事務次官の立場を利用して、アジアの某独裁国と密通していた。機密情報を流していただけでなく、極めて怪しげな人物との関係があって国益を損なうような真似をしている事実は少なからずあった。

同時に、立原にはかなりの隠し資産があった。到底一介の事務次官では築けないような資産が、いつ頃からか妻の名義となっていた。あきらかに遺産相続や正当な労働収入ではない金だ。どこから得た金かは推して知るべしといったところだ。

立原の一件があってから、その後のマキとタカの関係は以前と変わらないように見えた。夜は一緒にベッドに入り、祥を一緒に寝かせて自分たちはセックスを楽しむ。ときには祥を使って遊ぶときもある。祥はマキの性器を口で愛撫《あいぶ》することを覚えた。

同性のものを口にするなんて抵抗があるかと思ったが、タカがごく当たり前のことのようにやっているのを見て、真似をしてみたらなんでもなかった。むしろそんなふうにマキのプライベートな部分に触れられるのが、得意な気分になって夢中でむしゃぶりついたりした。するとマキは本当の猫のようだとおもしろがって喜んだ。

それだけではなく、マキのものを口でしているときに、タカに祥の後ろを使わせることもある。それはものすごい刺激と快感とが入り混じった感覚で、祥は自分の体が自分のものではなくなるような気持ちになる。そして、ちょっと怖くなるのは、この先の人生でこれ以上の快感を味わうことがあるのだろうかということ。

女の子と抱き合って得る快感を祥は知らない。もしかしたら、このまま一生知らないで終わるのかもしれない。でも、それに疑問や不安を感じることもない。やっぱり、自分はマキの言うとおり、こちら側の人間だったのだろう。

三人の夜はそんなふうに淫《みだ》らに過ぎていく。その時間に関して、祥は間違いなく自分は溺《おぼ》れていると理解していた。けれど、昼間の彼らの行動について、近頃は少し距離感を覚えていた。

もちろん、祥の中で影を落としているのは立原の一件だ。そんな祥の気持ちを察しているのかどうかはわからないが、近頃は祥を自分たちの仕事で使い走りをさせなくなった。マキが書斎にこもってデータの分析や統計を取る作業をしているのを見て、祥が手伝いを申し出ても追い払われてしまう。

誰かの尾行やタイガへのメッセンジャーボーイとしての仕事もエア・ガンショップの仕事

の合間にタカがこなしていて、祥は少しばかり手持ち無沙汰《ぶさた》だ。

犯罪行為に手を染めれば心に澱が溜まると知りつつ、マキやタカと行動をともにしていない自分がペットとして以外の存在価値などないと言われているようで不安になる。人の気持ちは本当に勝手なものだ。

そうやって彼らの仕事から引き離されている祥は、自分なりにその理由を考えていた。おそらく、彼らはこれまでになく何か面倒な案件にかかわっている。それを祥には知られないようにしている。祥は自分たちのペットとはいえ、充分に信用できる存在かどうかについては疑いを持っているのだろう。疑うというより、祥の利用価値などしょせんペットでしかないということだ。

そんなあるとき、タイガのところから戻ってきたタカが祥に数冊の本をくれた。祥に渡すようにと言われ、タカがタイガから預かってきた本だった。

「これって、僕が読みたいって思ってた本だ」

祥はタイガのところへ何度か通っているうちに、バイクのメカニックについて興味を持つようになった。それだけではない。自衛隊にいたタイガは日本での猟銃所持の資格を持っていて、彼の所持するライフルを見せてもらった。黒光りするそれはなんだか危険でいてとてもきれいで、まるでマキのような存在だと思った。要するに、惹《ひ》かれずにはいられないということ。

それは、祥自身が驚いたことだった。今まで自分の中にそういう感覚が眠っていたなんて気づきもしなかったから。子どもの頃から苛《いじ》められっ子で、人との争いなど苦手だから、攻撃的な気持ちになる前に拗《す》ねて閉じこもってしまうような人間だった。よしんば武器が目の前にあっても、それを手にして相手をやっつけてやると思うより、自分のほうが先に怯《おび》えて逃げてしまう。

今もその気持ちは変わらないが、バイクを整備してもらっているのを横で見ているうちに、子どもが合体ロボットを動かしたり、プラモデルを組み立てたりして夢中になるように、素直に興味を抱《いだ》いたというだけのこと。

タカが預かってきてくれたのは、バイクのメカニック本と銃の構造に関する図解本が二冊ずつ。どちらもタイガのバイクショップの事務所の棚にあって祥が興味を持って眺めていた本だが、届けられたのは祥のために新しく買ってくれたものらしい。それぞれの本の奥付を見れば、昨年に出た七刷とか一昨年《おととし》の三刷の表記があった。

「バイクや銃が好きだったのか?」

タカは表情を変えずにたずねるが、内心は少しばかり困ったものだと思っているのかもしれない。自分たちとかかわったばかりに、バイクはともかく銃などという物騒なものに興味を持ったのだとしたら、それはいい影響を与えたとは言えないと思うからだろう。

タカの気持ちはわかっているけれど、祥はごまかすことなく言った。

「タイガのところでいろいろ見せてもらって、なんだかおもしろいしいろいろ知りたくなった。ねぇ、今度タカのやっているエア・ガンショップにも連れて行ってくれる？　いろいろなガンがあるんでしょう？」

祥が好奇心を隠しきれずに言うと、それも自分たちの責任だと思っているのか、さすがにこのときは苦笑を漏らしていた。

「タイガのところへ行かせたのは失敗だったかな」

「そんなことないよ。僕、マキとタカのことも好きだけどタイガのことも好きだよ。大人の男の人で、あんなふうに身構えずに話せる人はいなかったから……」

祥が床に座り、タカから受け取った本を新しく買ったコーヒーテーブルの上に広げて眺めながら言う。本当にそれは祥の正直な気持ちで、隠し立てしたり言葉を取り繕ったりしなければならないことではなかったからそう言ったまでだ。

ところが、タカにはそれが奇妙に聞こえたのか、祥のそばまでやってきて隣に膝《ひざ》をついてしゃがみたずねる。

「おまえ、本気で言っているのか？」

祥は自分が何か奇妙なことを言っただろうかと思いながら、そばにいるタカの顔を見つめる。タカは少しだけ考える素振りを見せてから、なぜか小さく頷いた。

「急にペットにすると言い出したときは驚いたが、マキがおまえを気に入った理由がわかった気がする」

「えっ、それって、どういうこと？」

今度は祥のほうがタカの言葉の意味を計りかねた。マキはペットとして祥を気に入ってくれていると思うが、それ以上の意味があるのだろうか。

「おまえは自分が苛められてきたと思っているし、そういう苦境を自分で乗り越えられなかったことを情けなく思っているんだろう。それで気がついたら諦《あきら》める癖がついてしまっていた。違うか？」

以前の自分なら、そんなことはないと反論していたかもしれない。でも、ここに連れられてきて、これまでの自分が生きてきた環境とはまるで違うところで考えてみたら、見えてきたものがいろいろとある。タカの言うとおり、自分には「逃げ癖」がついていたと思う。

祥が素直にそれを認めて頷《うなず》くと、タカは珍しく頬《ほお》を緩めて笑う。そして、すぐそばのソファに座って自分の両膝に肘《ひじ》をのせて祥とあらためて向き合う。

「おまえは繊細かもしれないが、あまりにも弱い。意気地もないんだろう。甘やかされて育ったようだし、恵まれた環境に守られてきたのも事実だ」

耳の痛いことをズバリと言われて、祥は黙っているしかない。

「だが、それでもこうしてのんびり生きてこられたのは、マキのからかったように日本が平和だってことだけじゃないさ。おまえ自身がとても愛される存在だからだ」

「ええっ、ぼ、僕がっ？」

それは、あまりにも意外な言葉で、祥は戸惑いを隠せなかった。

「もちろん、マキとは違う意味でだ。マキはあの美貌《びぼう》とつかみどころのない性格で人の心を惑わせる。惹きつけられずにはいられないものを持っている人間だ。弟であっても、いや弟だからこそそれを誰よりも知っている。だが、おまえは正反対なんだよ」

マキと完全に異なるものであるというのはわかる。だが、自分が「愛される存在」というのはよくわからない。もしそうなら、こんなにみっともない生き方をしているはずがないと思うから。それでも、タカはどこか確信的に言う。

「マキはその昔、魂を病んでしまった。それからというもの、どんな治療をしてもマキの心は戻らない。マキは壊れて砕けたままの魂をかき集め、どうにか一つにして生きている。おまえはいろいろなものに怯えながら逃げているが、その魂はまだ何も知らない子どものままのようだ。とても白くて、汚れたものを知らない」

「マキがいつも言っている、『ガキのまま』ってことでしょう？」

十九歳にしてはガキすぎる。世間を知らない、考えが甘い。頭の中がお花畑なんだと小突かれるのはしょっちゅうだ。それらは実の兄に言われてきたのと同じ言葉だが、マキに言われるとなぜか素直にそうだと思える。

情けない自分を思い知らされることばかりで、ときには耳を塞《ふさ》いでしゃがみ込みたくなる。

なのに、タカはそれだけではないと苦笑交じりに言うのだ。

「マキはあれでもいい意味で言っているんだ。怯えにも快感にも同じように弱い。嫌悪と好奇心が同じように強い。それがおまえだよ」

「そうなのかな。言われてみたらそんな気もするけど……」

「まだ十九歳だったな。たかが十九年かもしれないが、年月や年齢はそんなに問題じゃない。国にも人にもよるが、十四、五歳でも銃を手にして熾烈《しれつ》な戦いの中で生きている人間はいるし、三十を過ぎても学問のこと以外何も考えずに生きている人間もいる。どちらも世の中の必然だ」

そして、人は十九年もあれば何かに染まるのに充分なのだとタカは言う。

「なのに、おまえは何にも染まっていない。キャンバスならまだ白い部分がたくさん残っているということだ。俺たちは自らの手で自分たちの白いキャンバスをドス黒く染めて汚してきた。そうするしかなかったからだが、お前は違う」

タカは普段から多くを語らない。それでも、マキは彼の胸の内をちゃんと察していて、二人の間はそれでいいのかもしれない。だが、祥は彼の意図することをその言葉から汲《く》み取るのは難しい。だから、その一言一言を一生懸命聞き取ろうとしていた。

「どんな環境で生まれ育ち、どんなことを経験しても、おまえはおまえだ。赤ん坊が生まれた世界を知ろうと手さぐりしているのと同じで、マキはそういうおまえだから興味を持った。

もしかしたら、羨《うらや》ましく思う部分もあったのかもしれない」

「マキが僕を……？」

にわかには信じられないが、タカの表情はどこまでも真剣だった。

「マキだけじゃない。俺も少し考えさせられた。おまえを見ていると、いまさらのように自分たちがどれほど閉鎖的な空間に閉じこもって生きてきたか気づかされた。自分で世界の広さを区切るより、手さぐりでももっと見知らぬ世界へ行けばいいのかもしれない……」

二人だけの濃密な世界は、確かに誰もそこへ分け入ることができない。祥はペットでしかないし、二人が特別な存在だと認めるタイガでもある程度の距離は置いている。

タカとマキはまるで一卵性の兄弟のようで、本人たちもそれを望んでいるのだと思っていた。けれど、タカはそんな二人の関係になんらかの危機感を抱き、本当はマキからの独立を望んでいるのだろうか。

この間の二人の喧嘩を思い出しながら祥は考える。タカの離れていこうとする気持ちにマキが苛立《いらだ》ちを感じていたとしたら、あのときの吐き捨てるような言葉も納得がいく。

（でも、タカは本当にマキから離れたいのかな……？）

彼らと一緒に過ごした祥には、必ずしもそうではないと思えるのだ。その答えを求めるようにタカを見つめると、彼は祥の頭を本当のペットのように撫《な》でる。

「おまえのことは必ず家族に返してやるし、日の当たる場所に戻してやるから安心しろ。ただ、俺はマキもこんなところから連れ出したいんだ。せめてもう少し明るい場所で、二人で一緒に生きていきたいと思っている……」

そんなふうに優しく笑うタカの顔を見たのは初めてだった。祥はこんなときにタカに抱かれた自分を思い出し、答える言葉もないまま真っ赤になって俯《うつむ》くのだった。

◆◆

『H市の再開発において、中西《なかにし》商事より市の助役に譲渡された株がいわゆる「利益供与」にあたるのではないかという問題に関して、新たなスクープが昨日発売の週刊誌に掲載されました。当初、中西商事が再開発工事に携わるゼネコンを自らの企業と関連のある会社に受注させるための工作と考えれていましたが、その背後には多くの政治家、もしくは政治団体の絡んでいる点が指摘され、大規模な贈収賄事件となる可能性が……』

作業をしながらテレビを見るわけにはいかないので、タイガのバイク店のガレージではいつもラジオが流れている。

その日、祥がガレージに顔を出すと、ラジオはちょうどお昼のニュースの時間で、滑舌のいいよく通る女性アナウンサーの声がトップニュースを読み上げているところだった。

タイガはいつものように客からあずかったバイクをガレージで整備していて、祥の顔を見ると笑顔で迎えてくれる。挨拶は決まって「家に連絡してるか？」だ。でも、今日はそれだけじゃない。

「タカやマキからは何も依頼を受けてないぞ。それに、おまえをメッセンジャーボーイに使わないでくれとタカに言われている」

「うん、知っているよ。今日は遊びにきただけ。ちゃんとマキにも許可をもらってきた」

マキやタカの仕事の手伝いもなく、ぼんやりマンションの部屋にいるのに退屈した祥はタイガのバイクショップまで自分の原付バイクを飛ばしてやってきた。近頃はすっかり寒くなったので、マキが祥に新しい厚手のジャケットを買ってくれた。それを着て出かけたかったのもあったのだ。

「遊びにきただと。この親不幸者のガキが、気軽に言うな。こっちは汗水流して仕事中だ」

そうは言っても、タイガの笑顔は変わらない。祥は新しいジャケットを脱ぐと、シャツの袖《そで》をまくってタイガの手伝いをする。言われたら必要な工具を取りにいき、取り外した部品をそばの作業台の上で磨いたり、汚れた床を掃除したり、やることはいくらでもあった。

手伝いながら、祥は最近興味を持ったバイクのメカの勉強もできる。そうして午後中手伝いをして、夕刻が近づけばタイガは早めの夕食に祥を誘ってくれる。

マキやタカと食べる食事もいいけれど、彼らと食べるときはマキの好みであっさりした味つけの野菜中心の料理が多い。朝食でベーコンや卵は食べても、夕食ではチーズや鳥のささみの料理がサラダと一緒に出るだけのときもある。

もちろんダイエットしているわけでなく、それがマキの食の好みなのだ。タカのほうは体がタンパク質をほしがるようで、ときには厚いステーキを焼いていたりする。マキはその肉を少しつまんでいるだけで、あとは茹《ゆ》でた野菜が主食になっている。

祥はチーズもステーキも好きだが、ときにはもっとジャンクなものが食べたくなる。タイガはそういうところは気持ちも体も若いのか、祥の喜びそうな店に連れていってくれるのだ。

この間はラーメン屋だった。タイガが褒めちぎっていたように、それは絶品のとんこつ醤《しょう》油《ゆ》味で、久しぶりに濃厚な味わいを楽しんだ。

今日はどこへ連れていってもらえるのかと期待していたら、すでに電話で注文してあるから届いたら店の事務所で食べようと言われた。どうやらここのところ本業のバイク屋が本当に忙しいらしい。

午後の六時になってタイガが工具を置いたとき、店の前に配達のバイクが着いた。祥はタイガに金を渡されて受け取りに出てみると、それは手作りハンバーガーと揚げたてのフレンチフライとオニオンリングだった。一緒にプラスチックカップに入ったコールスローサラダもある。

「一度ここのハンバーガーを喰《く》ったら、もうファストフード店なんざ敷居を跨《また》ぐのもいやになるぞ」

それくらい美味《おい》しいということだろう。実際、漂う肉の香りを嗅《か》いだだけで祥のお腹《なか》は見事に鳴った。二人してさっそく事務所のデスクに届いたものを乱暴に広げ、ハンバーガーにかぶりつき、フライを次々に口に放り込む。タイガは事務椅子、祥はそばにあるパイプ椅子に座りながら、紙ナプキンで口を拭《ぬぐ》い、プラスチックフォークでサラダを突《つつ》く。こういういかにも男同士という食事もまた、友達のいなかった祥には新鮮で楽しい経験だった。

「おいしいっ。すっごく、すっごくおいしいっ」

祥は本気で感激してしまった。やっぱりタイガはおいしいものを知っている。B級グルメに関しては相当の知識人だとわかって、またタイガを尊敬してしまう。

けれど、暇潰《ひまつぶ》しや食事だけが目的ではない。本当はタイガに聞きたいことがあった。それは他でもない、マキとタカの家族のことだ。彼らの会話やこの間の喧嘩から知ったことで、祥の中に引っかかっている言葉はいくつもあったが、それらの疑問を考えると行き着くのはいつもマキとタカの両親のことだった。

ハンバーガーとフライにサラダまで、二人して競うように食べ終えると、やがてタイガが淹《い》れてきてくれたコーヒーを飲みながら祥があらためてたずねる。

「ねぇ、タイガはマキとタカの両親のこと知っているの?」

タイガは祥が彼らのことについてたずねるたびに、連中には深入りするなと忠告していた。もちろん、それが祥のためだということはわかっている。けれど、祥はもうこのままでは彼らのそばを離れることはできないと思っていた。

「タカは僕を家族のところへ帰してくれると言った。でも、僕だけじゃなくてマキも解放してやりたいと言っていた」

「タカがおまえにそんなことを言っていたのか?」

コーヒーをブラックのまま一口飲んだタイガは意外そうに眼を見開いた。

「タカはマキと離れたくないと言っているけど、マキはタカが自分を見張っているだけだと怒っていた。だから、さっさとどこへでも行けって言ってたんだ。でも、僕はそれはマキの本音じゃないような気がする。二人の仕事のこともだけど、マキとタカは何かに縛られているように思えるんだ。それが何かずっとわからないでいたけれど、最近になってそれはなんとなく二人の両親に関係しているんじゃないかなって思うようになったんだ」

そこまで言って、祥は一度タイガの様子をうかがう。そして、砂糖とミルクをたっぷり入れたコーヒーを飲みながらタイガの返事を待っていた。

やがてタイガは小さく首を横に振ってから、重い溜息《ためいき》を一つ漏らす。それは諦めの溜息とも、後悔の溜息とも取れたが、どちらであったとしてもタイガの口を開かせるものには違いなかった。

「タカがおまえは変なところでカンが鋭いと言っていたが、どうやらそうらしいな。まぁ、あいつらがおまえをペット扱いして無防備になんでも話していたのかもしれないが、少しは知恵が回らなけりゃパズルは組み立てられないからな」

そう言ってから、タイガはコーヒーマグをデスクに置いて胸の前で太い腕を組む。五十を超えても鍛えられた体はたくましく、その腕には自衛隊のときのものか傭兵《ようへい》時代のときのものか、いくつもの傷痕《きずあと》がある。マキとタカのことを聞こうとしながら、タイガという男にもまた語るには重い過去がたくさんあるのだろうと想像した。

「マキとタカの母親のことだが、彼女はナオミという名前で父親が米軍兵で母親が日本人のハーフだった。彼女がどんな女だったか説明するなら簡単だ。マキが女になったと思えばいい。とび抜けた美貌と少々エキセントリックな性格の持ち主だったよ。誰もが彼女の虜《とりこ》になった。もちろん、俺もそんな一人だ」

「えっ、タイガも?」

虜になったタイガは夜の店で働いていたナオミに大胆にも求婚した。

「もしかして、マキとタカの父親って……」

だが、タイガは苦笑を漏らして早とちりするなと袢をたしなめる。話はそれほど単純なものではなかった。

ナオミはアメリカ人の父親と日本人の母親の間に生まれたが、彼女が生まれて間もなく軍人だった父親は本国へ帰国。その後、男は母子を迎えにくることはなかった。ナオミは母親の手で育てられ、お決まりの貧困と苦労の中、夜の商売に入ったのは十八になったばかりの頃だという。

勤めていたバーでは若いハーフの美人がいるとすぐに評判になり、タイガとナオミはそこで知り合い恋仲になったという。

「何しろ美人すぎた。誰もが高嶺《たかね》の花と最初から諦めているところがあって、そんな中で俺だけが怖いもの知らずにもプロポーズしたってわけだ」

ナオミは少しばかり気まぐれでものすごく寂しがり屋で、守ってやらなければと思えば妙に強い意思をむき出しにしたりもする。そういう意味では少々エキセントリックではあったが、それも愛嬌《あいきょう》のうちだとタイガは思っていたという。

「それよりも、彼女には叶えたい夢があった。ごく普通の結婚をして、好きになった男の子どもを産み、温かい家庭や家族を持つことだ。自分の幼少期には望めなかったことを実現したかっただけさ。きっとその夢が叶っていれば、彼女があんなふうになることも、マキやタカが今みたいになっていることもなかった」

「どういうこと？　タイガと結婚して幸せになったわけじゃないの？」

「言っただろう。話はそんなに単純じゃないんだ。第一、俺と結婚していたらマキやタカは生まれていない」

タイガが二人の父親でないのなら、ナオミは他の男と結婚したということだろうか。その理由をタイガは少し遠い目をして話してくれた。

「そういう運命だったということかもしれん。ナオミと俺が一緒になることはなかった」

当時、タイガはまだ自衛隊に所属している頃で、最悪のタイミングで海外派兵が決まり日本を離れることになった。ナオミには帰国まで待っていてほしいと言ったが、帰国の予定は半年、また半年と延び、日本に戻ったのは三年後だった。

「三年ってのは、人を変えるには充分な時間だ。俺は戦場で血《ち》腥《なまぐさ》いものを見すぎて少しばかりいかれていた。ナオミは約束の期間が過ぎても帰ってこない男を恨み、寂しさに耐えかねて自暴自棄になっていたときもあったようだ」

タイガを待つと言っていた町から離れ、店を転々としながらそのたびに縋《すが》る男も変わっていたのだろう。だが、どんなに美貌のナオミであっても、彼女と所帯を持ちたいという男はそうそう現れなかったようだ。彼女の出生を気にする者もいれば、彼女のエキセントリックな性格についていけない者もいたし、また彼女の家族や家庭に対する盲目的な憧《あこが》れに引いてしまう者もいたのだろう。

その反面、夜の店で彼女の美貌はますます評判を呼び、いつしか銀座の一流クラブにスカウトされて、そこでナンバーワンホステスになっていたという。

「だが、その店に勤めていたのはわずか一年ほどだ。そこに足しげく通っていた代議士の愛人となって、都内の閑静な住宅街にある小さな戸建で暮らすようになったからな」

「じゃ、マキとタカはその人の……？」

タイガが黙って深く頷いた。だが、祥がその男の名前をたずねたとき、タイガはきっぱりと言った。

「それだけは知らないでおけ。絶対に知っていいことはない。パンドラの箱の蓋《ふた》は閉じておかなければ、禍《わざわい》が飛び出す」

つまり、それがマキやタカに犯罪行為を依頼している人間ということになる。確かに、それを知れば祥はこれまでとは比較にならないほど重いものを背負うことになるだろう。さすがにその覚悟まではなくて、それ以上二人の父親についてはたずねずにおいた。

けれど、彼らの母親についてはまだ聞きたいことがあった。

「ナオミという人はどうなったの？　今でも元気にしているの？　マキやタカと会うこともあるのかな？」

祥の質問に、タイガがこれまでになくその表情を曇らせていた。それを見て、きっと彼女に関していい話は聞けないのだろうと察した。

「ナオミは死んだよ。もう十四年前になる。殺されたんだ。自分の息子の手でね」

「え……っ？」

一瞬耳を疑ったが、次の瞬間祥の脳裡《のうり》にマキとタカの会話が次々に甦《よみがえ》ってきた。そして、バラバラだったパズルが音を立ててはまっていく映像が目の前に浮かぶ。

『あのいかれた女と性根の腐りきった男が、よくもおまえみたいなのを作ってくれたもんだ』

『俺は母親似。いかれてるところも母親に似たんだ』

マキの言葉はいつだって母親への憎しみに満ちていた。そして、あのタカとの口論のとき、はっきりとマキはそのことを口にしていた。

『いっそ殺してやろうか？　あの女みたいに、体中穴だらけにしてやってもいいんだぞ』

そう言って、大切な弟のタカにまでナイフを振りかざそうとしていたのだ。

「でも、どうして……？　十四年前っていえば、マキはまだ十四歳だよ。タカだって十一か二でしょう？」

「ナオミはあんなに温かい家庭や家族に憧れていたが、彼女はそういうものを持ってはいけない女だったんだろうな。なりたい自分となれる自分は違うということだ。それでも、なりたい自分になろうともがいたあげく子どもは産んだが、それは彼女の自己満足でしかなかったんだ。望みが叶わないとわかったとき、子どもさえ彼女にはうまくいかない自分の人生の恨みをぶつける対象でしかなくなった」

「それって、つまり……」

タイガはその苦い事実をできるだけ乾いた口調で語ろうとしていた。そうしなければ、彼自身もまだ過去の傷に心を痛めて苦しくなるからだろう。

ナオミはマキとタカを産んだものの、子どもたちを認知してもらえるでもなく、彼女自身もまた籍を入れてもらえないままの日陰暮らしだったという。

ナオミを愛人にした代議士の夫婦仲が冷え切った関係だったのはその頃から有名で、何度も離婚は秒読みという記事が週刊誌などを騒がせていたらしい。そのこともあって、ナオミもいつかは自分の存在が正式に認められ、彼の家へ正妻として二人の子どもとともに入ることを夢見ていたのだろう。

そうやって、ナオミは子どもたちを育て、たまにやってくる愛人を待ちながらひっそりと暮らしていた。そんな彼女が少しずつ精神を病んでいったのにはきっかけがあったとタイガは言う。

「惨《むご》い話かもしれないが、あの世界では昔からありがちなことだ」

それは、マキが十歳、タカが八歳のときのことだった。その代議士が養子を取ったのだ。正妻との間に子どもが生まれず、そのことが夫婦仲をぎくしゃくさせている原因の一つだった。そこでどうしても跡取りがほしかった彼らは、このときすでに十二歳になっていた弟夫婦の次男を自分たちの籍に入れて育てることにしたのだ。

ナオミにしてみれば、自分が産んだ子どもこそがこの日陰者の生活から救い出してくれる最大の武器だと信じていた。だが、その思惑は完全に外れ、自分は裏切られたのだという気持ちでいっぱいになったのも無理のない話だろう。

やがて、ナオミは狂気に取りつかれていき、じょじょに子育ても放棄するようになり、あげくには子どもたちを虐待するようになっていった。

「幸せな家庭で育ったおまえには想像できないような状況だろうな。俺もあとからタカに聞いたんだが、自分が好きだった女の所業としても、胸クソが悪くなるようなことばかりだった」

けっして愉快な話ではないからと、タイガはほとんど言葉を濁していたが、それでもおおよそのことは教えてくれた。

父親に似たタカへの虐待は暴力に徹していたようだ。殴る蹴る物を投げつけるは日常茶飯事だったが、子どもとはいえ男であったことと、相手が非力な女であったことで致命的な怪我や命にかかわるようなことはなかったのが不幸中の幸いだった。

問題はマキのほうだった。母親に似た容貌は幼少の頃からで、それだけにナオミのやりどころのない憤りは、言葉の暴力となってマキに向けられた。

「考えてみろ。自分を産んでくれた母親に顔を見れば『死ね』だの、『産まなきゃよかった』などと言われて唾《つば》を吐きかけられるんだぞ。自分の存在意義など見出せるわけもない。当然のようにマキの心も病んでいったんだ」

その言葉を聞いたとき、祥は思わず心の中で大きく深い溜息を漏らしていた。祥が自分の素性を彼らに語って聞かせたとき、マキはからかうように言ったのだ。

『生まれてこなけりゃいいって言われたか？　それとも、死ねばいいのにってか？』

まるで弱っている虫に塩水でもかけるかのような毒を含んだ言葉だと思ったが、それはマキ自身が日常茶飯に吐きつけられていた言葉なのだ。あのときタカは顔をしかめていたが、それは祥に対する同情ではなく、マキの自虐的な言葉に心を痛めていたからだと今ならわかる。

それから数年間という地獄のような時間を、マキとタカはひたすら肩を寄せ合い互いの身を守り合い生きていくしかなかった。どんな環境でも体は成長していくが、それでもまだ生活全般において誰かの庇護《ひご》が必要な年齢だった。

だが、マキはナオミの血を色濃く引く実の息子だ。そんな日がいずれやってきても、何も不思議ではなかったのだ。それは、マキの狂気がナオミの狂気を超える日。

そのときは何がきっかけだったのか、タカも覚えていないという。あまりにもショッキングな出来事でタカの記憶が飛んでしまったのか、あるいはマキを庇《かば》うために詳細は覚えてないと言い張っているのか、どちらであったとしてもタイガは今となってはどうでもいいという。

ある朝、タカが目覚めたとき隣に眠っているはずのマキの姿がない。その頃から兄弟は互いの身を母親から庇い合うため、同じ床で眠るようになっていた。

マキの姿を探して居間へ行ったが、そこにもいない。キッチンにもバスルームにもいない。

まさかと思って母親の寝室をのぞいたとき、タカはそこにこの世のものとは思えない地獄絵図を見た。

できるだけ想像しないようにして聞けと、タイガは祥に無理なことを言う。けれど、それは賢明なアドバイスだったと聞いてから思った。

「いわゆる滅多刺しってやつだ。検死結果だと首の頸動脈《けいどうみゃく》を切られたのが致命傷で失血死だった。だが、他にも刺し傷は全部で十七ヶ所。どの傷もためらいなく、眠っていた体に向かって自らの体重をかけて刺していた。正気の沙汰《さた》とは思えない。まして、十四歳の少年の犯行だ」

血塗《ちまみ》れのマキを見てタカはただ茫然《ぼうぜん》と立ち尽くしたものの、母親の死を悲しむ気持ちはなかったらしい。それよりもマキが汚い血で汚れているのが可哀想《かわいそう》で、握っていた包丁を取り上げて捨てると、そのまま風呂場に連れていき裸にして全身を洗ってやったそうだ。

その頃からタカはマキの体を洗ってやっていたのだと思うと、祥はなんだかせつなさに胸が締めつけられる。そして、タカは今でもマキの体を愛《いと》しそうに自らの両手で洗い続けているのだ。

風呂から上がったら、二人で着替えを済ませ近くの公園へ散歩に行った。いつも母親のヒステリーや暴力が始まると、二人して逃げて何時間も過ごした公園だ。真夏も真冬も、何時間そこで過ごしたかわからないという。

マキが母親を殺害したあと、なぜ二人で遠くへ逃げなかったのかとタイガがのちに聞いたら、タカの答えは曖昧《あいまい》で、よくわからないと言っていたそうだ。彼ら自身も充分に混乱していたのだろう。記憶が混濁しても不思議ではないほどの出来事を経験したばかりなのだから。

「ただ、母親の死体のあるところにいたくなかっただけで、どこへ行こうとも思わなかったと話していたな。まぁ、金もなかっただろうけど……」

「それから、二人はどうしたの？」

少年による凶悪犯罪は過去にも例はあるが、マキたちの場合はどのような処分が下ったのだろう。二人が大人になって一緒に暮らすようになるまでは、それなりの紆余曲折《うよきょくせつ》があったはずだ。

「マキは医療少年院に入れられた。タカは施設に入って就学した」

半年間の更生治療を受けたのち、さらに中等少年院に一年入り、マキもまた施設に入って生活を始めた。最初はタカとは違う施設に入ったものの、半年ほどしてマキの奇行が報告されるようになった。

その夏、施設の近くで昆虫の死骸《しがい》が大量に見つかった。そこは子どもたちが遊びの場にし、近隣の人たちが犬の散歩などに通る遊歩道の近くだった。三十センチほどの穴が掘られていて、その中にセミやカエルや中には小鳥の死骸も混じっていて、周辺の人々が不気味がっていた。

誰かの悪ふざけかと思われたが、秋を過ぎた頃には近所に生息していた野良猫が次々に殺されるようになる。施設の者はマキを疑わざるを得なかった。その頃には手を血で汚して帰ってきて、何喰わぬ顔で洗面台に向かう姿を職員に目撃されていたからだ。

職員が問い詰めたところ、マキはあっさりと犯行を白状した。そして、その理由として「タカがいないから」と言ったのだ。

「本来は犯罪を行ったときの環境や人間関係からはできるだけ引き離して更生させるものだが、ためしにタカに再会させたところマキの精神状態が落ち着いた。それで、例外的に奴らは同じ施設で十八になるまで暮らしたんだ」

その施設にいる頃から、自衛隊を除隊したタイガは彼らに会いに行くようになったという。最初はナオミの知り合いだということは話さずにいて、単なるボランティアの保護司として面会していた。

「傭兵で金を稼いでは、日本に戻れば奴らに会いにいく生活が一年以上続いたかな」

思いがけずタイガに打ち解けたのはタカのほうで、タカが気持ちを許していることでマキもまたタイガを受け入れるようになった。

十八で施設を出るとき、タイガがタカに自衛隊を勧めたのは以前にも聞いた。このとき、マキはずいぶんと機嫌を損ねたようだが、タカは必ず四年で除隊してマキのもとに戻ると約束し、その間のマキの面倒はタイガがみるということで施設からマキも出ることとなった。

この頃、思いがけないことはもう一つあった。なんと彼らの実の父親の例の代議士から、弁護士を通して二人の生活をサポートしたいという申し出があった。

「どうして？　ずいぶんといきなりだよね」

「その頃、奴はある政界のスキャンダルで名前が挙がっていて、週刊誌の記者連中が周囲や過去の所業を嗅《か》ぎまわっていたからな。どこからか二人が自分の隠し子だとばれたらまずいと考えたのさ。先に手を打って、口封じをしたつもりだったんだろう」

ナオミはすでに死んでいるから死人に口なしだ。あの当時のことを知っている人間がいたとしても、あくまでも噂《うわさ》だと言い逃れることはできる。その男としては、マキとタカが自らそれを主張して、ＤＮＡ鑑定などと言い出すことが一番困るのだ。とにかく、生活の援助はしてやるから、出生についてはけっして口は割るなということだった。

「マキとタカはそれを納得したの？」

「騒ぎ立てたところで、二人が得することもないだろう」

タイガの言うとおりだった。自分の父親を陥れるために名乗りを上げれば、マキの過去の犯罪も全部暴き立てられる。ようやく兄弟水入らずで暮らしていける目処《めど》がたったばかりの二人にとっても、よけいな騒ぎは避けたいことだったのだ。

弁護士を通してとはいえ、父親の援助を受けるようになり、タカは自衛官として駐屯地での生活を始めた。それでも休日や外出許可の取れたときは必ずマキに会いに帰ってきたという。

二人が兄弟でありながら肉体関係を持つようになったのは施設にいたときからだが、この頃にはもうタイガにも自分たちの関係を隠すようなこともなかったという。

「俺も止めようもなかったね。だいたい、あの二人にどういう恋愛ができるっていうんだ。タカにしたってマキという兄がいるかぎり、まともな恋愛をして家庭を持つなんてことは難しい。それに、いくら二人で乳繰り合ったところで子どもができないんだから、もう好きにしろとしか言いようがないだろう」

やがて四年間自衛隊で務めて除隊したタカはマキのところへ戻る。タカを待っていた四年間、マキはタイガの知り合いの店でバーテンとして働いていた。夜の世界でこの世の闇《やみ》を見続けた兄と、自衛隊でひととおりの戦闘方法を学んだ弟。そんな二人は、やがて父親の依頼を受けて裏の仕事をするようになっていった。

二人が父親のことを「単なる金ヅル」呼ばわりして優雅な暮らしをし、金に糸目をつけずに高価なものを買い込んでいるのを思えば、仕事の報酬としてかなりの金銭を得ているのだろう。

そのあたりのいきさつは、祥が二人の父親である代議士を特定できないようにと配慮して詳しくは語ってくれなかった。ただ、タイガとしては自分が面倒を見てきた二人が犯罪行為に手を染めることを忸怩《じくじ》たる思いで見守ってきたことは事実だという。

本来なら殴ってでも止めなければならないことだったかもしれないが、タイガにはそれはできなかったという。

「どうして？　タイガがちゃんと説得すれば、二人だって納得するんじゃないの？」

だが、タイガは力なく首を横に振った。

「この俺にそんな権利があるわけない。俺はナオミとの約束を守れなかった。彼女が不幸な愛人人生を送ったのも、もとはといえば俺のせいでもある」

「そんなっ。だって、任務だったんだから仕方がないよ」

「たとえそうであっても、俺は奴らからすれば赤の他人だ。そして、あの男はあんな人間でも奴らの実の父親なんだよ。あいつらにはお互いとあの男しかこの世に身内がいない」

「だって、ずるい父親じゃないか。認知もしないで都合のいいように利用しているだけだ」

祥はまるで自分に突きつけられた理不尽のように怒りを抑えられずに言った。それでも、タイガは苦い何かを呑《の》み込んだような表情をして、諦めをその目に滲《にじ》ませて祥を見る。

「そんなことは奴らも重々承知の上さ。それでも、この世に生まれてきた意味を見出すために、父親の影となって手を汚しながら生きている哀れな兄弟なんだよ」

それが、タイガが教えてくれたマキとタカのすべてだった。そして、タイガは祥に言った。

「今日聞いた話は、明日の朝には忘れちまいな。覚えていたっておまえの人生は楽しくならないからな。それで、いつかうんと大人になったとき、ちょっとだけ思い出してあの二人を憐れんでやれよ。その頃には生きているとも死んでいるともわからない二人をな」

そんな悲しい言葉で見送られ、祥は二人の待つマンションに戻る。マキに買ってもらった新しいジャケットを着ていても、原付バイクで夜の街を走る祥の心は凍えるように寒かった。


翌朝になれば聞いたことは全部忘れてしまえとタイガに言われた。もちろん、人の記憶はそんなに簡単にコントロールできるものではない。

タイガのところから戻ると、その夜のマキはお気に入りのワインをすでにボトル半分は空けていてご機嫌だった。マキは祥の体を抱き締めると、「野良猫が帰ってきた」と頬にキスを繰り返す。タカはそんなマキを止めもせず好きにさせながら、自分も珍しくバーボンをロックで飲んでいた。

タイガの話を聞いたあとに見るマキとタカの姿は、なんだかとても悲しい。祥はまるで自分が本当の猫になったような気分で、マキの膝で甘えタカの腕に意味もなく体を擦りつけた。

ベッドでもいつものようにセックスをする二人をうっとりと眺める。タカのたくましい体がマキの体を余すところなく撫でて口づけていく。抱き合う二人はまるで官能の海でたゆたっているかのようだった。

「タカ……。気持ちいい……。もっとして。もっと強いのがいい。もっと奥までほしい」

マキは欲望を忠実に言葉にしてタカに伝える。タカはマキの望みを何もかも叶えようと、自分の持っているものをすべて与える。マキを満足させるために、タカは何一つ惜しまない。タカにそんなふうに愛されているマキが祥は羨ましい。

すると、祥の胸の内を読んだかのようにマキが手を伸ばしてくる。かまってもらえず拗ねているペットをあやすように抱き締められて、祥は素直に甘える。マキがそうすればいいと言ったから、その夜はタカに後ろを貫かれた。祥の体はもはや快感に従順で、怯えることもなくタカ自身を受け入れた。

祥はタカが好きだ。もちろん、マキも好きだしタイガも好きだ。けれど、恋愛感情に似たものをこの三人の中の誰に抱いているかといえばタカなのだ。初めて抱かれた人だからじゃない。

まともな恋愛をしたこともないくせに、もしタカのような恋人がいたらと思うと胸がときめくのだ。寡黙でたくましく、優しい。そんな男がそばにいて、守ってくれることを幸せに思わない人間はいないはず。これは、間違いなく祥にとっての初恋だった。

けれど、祥の拙《つたな》く幼い初恋は叶うことはないと知っている。大好きなマキからタカを奪おうなんて爪《つめ》の先ほども思わないし、そもそもそんな大それた真似ができるわけもない。タカの心もマキから離れることはない。生まれたときから、タカはマキのもので、マキもまたタカのものだ。

祥は恋を意識したと同時に失恋したわけだが、それでも悲しくはなかった。祥はマキといるタカが好きだからそれでいい。大好きな二人がいつまでも一緒にいるのが一番いい。強がる気持ちがないと言えば嘘だけれど、これもまた一つの恋の成就の形だと思う。独りよがりでもいい。今はそんなふうに思える自分が、少しだけ大人になれた気がしていた。

満たされたセックスで夜が更けて、翌朝目覚めたときにタイガの話を忘れていたかといえば、やっぱりそんなことは無理だった。

けれど、その朝は祥がもっと困惑することが起きた。いつものように三人の朝食を終えると、タカが祥に出かける準備をしろと言ったのだ。しばらく彼らの仕事から遠ざけられていたが、また祥の手が必要となったのだろうか。それならそれでかまわない。

ところが、いつものポルシェに乗せられてやってきたのは、祥の自宅近くの駅だった。そのロータリーで車を停めると、マキが助手席から振り返って言った。

「ずっと飼っていたかったけど、そろそろ遊びはおしまいだ。おまえも家に帰れ」

あまりにも急なことに、祥はわけもわからずうろたえた。

「なんで、そんなこと言うの？　もう僕のことなんかいらなくなったの？　勝手にペットにしたくせに、今度は勝手に捨てるの？　そんなのひどいよ」

自由にしてくれるというのに、なんで文句を言っているのか自分でもわからない。けれど、こんなふうに急に放り出されるなんて思ってもいなかった。祥はまだマキとタカのそばにいたいと思っていた。

「ショウ、言っただろう。もう限界だ。おまえには家族がいる。それも、優しくていい家族だ。これ以上心配させてやるな」

「ちゃんとタイガに言われたとおり、メールも電話もしてるよ。親は捜索願いなんか出してないし、そのうち帰るって言ってあるし、それに……」

必死になって言う祥に、マキがいつになく真面目な声できっぱりと言う。

「家庭や家族の温《ぬく》もりを知っていて、帰る場所のある奴はしょせん俺たちとは一緒に生きていけない。わかったら車を降りろ」

マキは先に車を降りると、シートを前に倒して祥に後部座席から出ろと顎《あご》をしゃくって合図する。マキの命令に逆らえるわけもなかった。それはタカにとっても祥にとっても暗黙の了解なのだ。

祥がしぶしぶながらも車から降りると、マキが手を出して言う。

「鍵を出しな」

ポケットに入っていた部屋の合鍵を返す。その途端、彼らとの接点がなくなってしまうことを実感して嗚咽《おえつ》が漏れる。マキがそんな祥の頭を撫でると、自分の巻いていたカシミアのダークグレイと白のストライプ柄のマフラーを首にかけてきた。それをグルグルと何重にも巻きつけてから頬にキスをして、柄にもなく優しげな声で囁《ささや》いた。

「バイバイ、可愛いショウ」

たったそれだけの言葉で本当にお別れなんだろうか。この二ヶ月という月日はなんだったのだろう。祥は半ベソをかいたまま立っているしかない。運転席のタカを恨めし気に見れば、彼は少し乙ちらに身を乗り出して言う。

「バイクや身の回りのものは、タイガに頼んで届けてもらうようにするから心配するな」

何か少しは優しい言葉をくれるのかと思ったのに、あまりにも事務的な言葉で祥はがっかりする。でも、タカはそういう人間で、マキにだって普段は特別甘いことを言うわけでもない。

マキがまた車に乗り込み、ドアが閉まるなり車はすぐさまロータリーから走り去ってしまった。あまりにも簡単な別れに茫然として、祥は実家の最寄駅の前でポツンと立ち尽くすばかり。放り出された自分があまりにも惨めで、タイガから聞いた悲しい彼らの過去の話さえ脳裡から吹き飛びそうだった。

ひどく感傷めいた気分でいると、いきなり背後からあまりにも聞き覚えのある声がかかり、祥はビクリと体を緊張させる。

「祥じゃないか。おまえ、こんなところで何やってんだ？」

ぎょっとして振り返ったら、そこにはちょうど駅に向かおうとしている兄の姿があった。スーツに見慣れた濃紺の英国ブランドのコートとマフラーというスタイルだ。

普段の通勤時間よりは遅いが、官庁勤めの兄は明け方まで残業した翌日は、フレックスタイムで遅く出勤することもある。ただ、よりにもよってそんな兄と駅前で遭遇するとは思ってもいなかった。

（うわぁ、なんでこのタイミング……？）

そういえば、タカに拉致《らち》された日に家を出るときも、キッチンで冷蔵庫を漁《あさ》っていて似たようなセリフを言われたような気がする。

「何日も帰らないでどこで何をしていたんだ？　父さんも母さんも本当に心配していたんだぞ。まったく、いつまで経《た》ってもその放浪癖は直らないのかよ。あっと、俺はこれから出勤だから、とにかくさっさと家に帰って……」

いつもの説教をしていたかと思うと、腕時計で時間を確認しながら気忙《きぜわ》しく駅の改札へと向っていく。相変わらず偉そうで鬱陶しい兄だった。

それでも祥は考える。これはきっと幸せなこと。自分たちはマキとタカのような兄弟ではない。祥の顔を見れば小言を言う兄と、叱《しか》られれば鬱陶しく思う弟の自分。そんな普通の兄弟でよかったと、久しぶりに兄の顔を見てホッとしながら思うのだった。

『何か面倒な案件にかかわっているようだからな。これ以上おまえを巻き込むことはできないと思ったんだろう。奴らの気遣いってことだ。わかってやれよ』

タイガに連絡を取ってみたら、すでにマキやタカから祥を解放したことを聞いていたようだ。祥の愚痴を聞くよりも反対に諭されてしまった。そして、荷物は全部タイガの店で預かってくれているようで、祥の都合に合わせて送ってもいいし、届けてもやると言ってくれた。

「バイクと釣り道具は近いうちに取りにいくよ」

他の荷物も邪魔でなければしばらくそのままにしておいてほしいと頼んだ。マキやタカに買い与えられた洋服や靴や小物はかなりの数があって、それらがいきなり家に届けば親が家出の間どんな生活をしていたのかと訝《いぶか》しがるだろう。

けっして褒められるようなことはしていなかったので、よけいな心配をさせないほうがいいというのが祥の判断だった。

それから、タイガにマキとタカが今かかわっている面倒な案件についても質問したが、案の定それについてはいっさい口を割ってくれない。結局のところ、タイガも二人の味方なのだからそれも仕方がない。同時に祥を巻き込むまいという気持ちも嘘ではないとわかっているから、それ以上は追及しなかった。

だからといって、このままあっさりと引き下がるつもりはない。祥は以前の祥とは違う。マキとタカのところで生きている実感をして、同時に自分の意思で行動する意味を知ったのだ。

今でもよくわからないけれど、生きているということはなんとなくだが「もがいている」ことのような気がした。ほしいものを手に入れようともがく。何かから逃げようともがく。理解してもらいたいともがく。事実を認めようともがく。現実を変えようともがく。誰もがこの世でもがいている。そうすることが生きていることで、その結果を案じても仕方がないと思った。

祥はきっとこれまで結果ばかり案じて、もがくのをやめていただけ。そんな自分とは決別したほうがいいに決まっている。

駅前で兄にばったり会って叱られて、実家にとぼとぼ戻ってきてみれば、母親が驚いた顔で出迎えて祥を抱き締めた。以前ならこの歳《とし》になって母親に抱きつかれるなんて鬱陶しいと思っていたのに、そのときは素直に彼女の背中に手を回せた。

「心配させてごめん」と短く謝ると、彼女も短く「無事でよかった」とだけ言って、祥の好きなオニオングラタンスープをすぐに温めて出してくれた。お腹は空《す》いていなかったけれど、いつ祥が帰ってくるかわからないのに、ちゃんと好物を作ってくれていた気持ちが嬉しくて全部食べた。

母親が言うには、警察にも捜索願いを出しに行ったが、過去の放浪癖の件もあるし、定期的に電話連絡が入っているなら失踪《しっそう》ではないとまともに取り合ってくれなかったそうだ。それを聞いたときはちょっとヒヤッとしたが、自分の過去の所業が思いがけないところで役立ったと内心苦笑を漏らしていた。

祥が帰宅したとき父親はすでに出勤していなかったが、夜になって夕飯のあと二人であらためて話をした。父親の書斎で二人きりで話をするのは久しぶりだった。

さすがに今度ばかりはかなり本気で叱られるだろうと思ったが、意外にも父親は冷静だった。人の心の成長の速度というのは様々だから、祥は祥なりに大人になっていけばいいという。ただ、母親をあまり心配させないようにしなさいとだけ釘を刺された。それは、祥自身もそう思うので黙って頷いた。

それから、もう一つ父親が祥に言ったのは大学についてだった。このままだと留年は確実だが、学ぶ気があるなら続ければいいし、他にやりたいことがあるなら退学届を出してけじめをつけてからやるようにと忠告された。

それに関しても同意して、自分自身でもきちんと考えると約束した。ただし、自分のことを始める前に、祥には決着をつけなければならないことがある。もちろん、マキとタカのことだ。

あの二人もタイガもかかわらないのが祥のためだという。それはそうだと思う。けれど、自分の気持ちがおさまらない。これもまた「もがき」だと思うのだ。だから、祥は自分にできることをしようと考えていた。それは、納得と心の決着のため。そうしなければ、祥は新しい自分の道へと進むことができない。

そう思って何から行動するべきかと考えたとき、祥の頭の中には少なからずいくつかのヒントが残っていた。そして、皮肉な話かもしれないが知りたいことを調べる方法は、マキとタカの仕事を手伝いながらちゃんと学んでいた。

『H市の再開発をめぐる一連の利益供与問題に、新たな疑惑が浮上しました。ここ数年、アジア諸国における上下水道施設工事など、いわゆる「水ビジネス」で大きな飛躍を遂げた中西商事が、来年社名を新たにし上場する予定の未公開株を譲り受けたことにより、それが利益供与に当たるのではないかと問題視されている中、今度は与党所属の議員にもそれらが譲渡されていた疑いが浮上しています』

それは、先日タイガのバイク店に行ったとき、ガレージで流れていたニュースの続報だ。あのときは何も考えずに聞き流していた。けれど、実家に戻ってきてマキとタカのかかわる案件についてしみじみと考察してみたとき、祥の頭の中にそのキーワードが浮かんできた。

二人は祥のことなど気にもかけず、よく仕事の話をしながら食事をしたりしていた。聞かれてもいい内容がほとんどだったと思うが、祥が拉致された当初は彼らもいささか無防備なところがあった。

マキが出所したばかりということもあり、互いに報告しなければならないことが多く、祥のことなどかまっていられなかったのかもしれない。それに、右も左もわかっていない世間知らずのガキなど、ちょっと脅しただけで簡単に口封じできると思っていたのだろう。

祥はインターネットのニュースサイトで、繰り返し同じ事件のニュース映像を流しながら思い出していた。あのとき、マキはなんて言い、タカがなんて答えたか。何気なく聞いていた会話を、懸命に一字一句漏らさぬように記憶をたぐる。

『それで、マキのほうは……』

『案の定、黒幕は海の向こうだ。脅しのネタを握っておいて、寝返らないよう釘を刺すつもりだろう』

『奴らが狙っているのは？』

『中西商事の案件だ』

『ということは、嗅ぎまわっていたのは公安ではなく検察ということか』

『放っておくと面倒だ。さっさと根っこから引き抜いちまわないとな。それに……』

祥はタカやタイガ言うほど、自分のカンがいいとは思っていない。けれど、今回のことに関してはこれまで生きてきた中で一番頭を使い、知恵を絞っていると思う。

マキとタカの実父であるという代議士は、自身の政治活動に不都合な存在を社会的に抹殺したり、ときにはそれ以上の手段を講じてきたようだ。そして、そのほとんどがマキとタカの工作によるものだ。

祥が知るかぎりでも、経済評論家の北村《きたむら》という人物、そして外務省アジア局の立原という人物。要するに、この二人の存在が不都合だと思っている政治家は誰かということだ。

だが、それをたどっていくには、北村と立原という人間がどういうスタンスで活動し、何に関して強く主張していたのかなど、その思想背景や行動原理を調べなければ無理だ。それに、そもそも政界の内情はあまりにも複雑で、その二人の人物だけでマキやタカの実父を特定するのは難しい。

そこに絡んでくるのが「中西商事」というキーワード。今回、世間でも大きな話題になっていて、今後は政財界を巻き込んで一大スキャンダルに発展しそうな案件だ。二人の実父がこの件にかかわっていることは間違いない。

それから数日は、通称「中西商事事件」と呼ばれるようになったこのニュースを徹底的に追い続けた。どんなに細かい情報もガセだと思われるネタでも、全部収集して自分なりに精査し、なんとかして二人の実父の存在を特定しようとしていた。

その人物を特定したからといって、祥が告発できるわけでもないが、やっぱり知らずにはいられない。それと同時に考えているのは、タカの言っていたようにいつかはマキとともに、二人がもう少しだけ明るい場所で生きていけるのか見届けたいという気持ちがあった。

与党の議員への株の譲渡というニュースを聞いたあと、祥はまず内閣の一人一人を調べていった。まだ選挙権を持たないからということは言い訳にならないとわかっている。

己の不勉強は認めるにしても、これまで政治にも政治家個人にも興味すらなかった祥が、初めて一人一人の内閣の顔とその経歴を確認したことに意味はあったと思う。他にも主だった議員をピックアップして独自に調査はしたものの、素人《しろうと》の推理では限界はある。

あれから、しばらくニュースの続報もない。マスコミはスクープを探し、検察は立件のための証拠集めをしている最中なのだろう。しばし、すべての動きが止まってしまった頃、祥は思い立ってタイガのところへ行った。

もちろん、「中西商事事件」は気になっているが、タイガから何を聞き出せるとも思っていない。それよりも預けたままになっている原付バイクと釣り道具だけは引き取ってこようと思っていたのだ。

その日、店に行くとタイガは整備し終えたバイクを磨いていた。その日のタイガの挨拶は、当然ながらこれまでとは違っていた。

「久しぶりに母ちゃんのメシを喰った感想はどうだ？」

「おいしかった」

祥が素直に言うとタイガが笑って頷く。

「そいつはけっこう。親には生きているうちに孝行できるかどうかわからんが、とりあえず感謝はしておけ。愛情深く育ててくれた親ならなおさらだ。それだけで人生の後悔は半分くらい減る」

以前なら「まさか」と笑い飛ばしただろうが、今はそうかもしれないと思える自分がいる。

「うん、わかってるよ。ところで、このバイクついに仕上がったんだね」

それはどこかの金持ちが道楽で買ったバイクに、あれこれと希望を聞いて改造を加えた一台だ。マフラーの交換のときは祥も手伝った。それがようやく仕上がって、今日が納車日らしい。

「これから電話を入れて先方がいたら納車に出かけるが、バイクと釣り道具ならガレージの奥にあるから勝手に持っていけ」

「時間があるから、タイガが帰ってくるのを待っててもいい？　バイクのメカのことで聞きたいこともあるし、久しぶりに銃も見せてもらいたいから」

だったら、夕食にはとびきりおいしい中華料理屋へ連れて行ってやると言う。店は汚いが抜群のレバニラ炒めが食べられるそうだ。祥はレバーもニラもあまり好きではないが、タイガが勧めるなら試してみてもいいと思った。

一時間ほどで戻ると言ってピックアップトラックにバイクを載せて出かけたタイガを見送り、祥は店番がてらガレージの片付けなどしていた。マキとタカのメッセンジャーボーイとしてここへ通うようになって、何度も書類や茶封筒を運んだのはついこの間のことなのに、なんだかすでに懐かしい。

(そういえば、最後に書類を運んだのっていつだったっけ……?)

何気なく考えて、床掃きをしていた手がふと止まる。

あれは、確か茶封筒を受け取ってマンションに戻ったら、マキとタカが珍しく口喧嘩をしていた日だ。口喧嘩というにはあまりにも一方的で、あまりにも激しいものだった。

あのあと、コーヒーテーブルは買い替えなければならなかったし、壁にかけてあったデッサン画も絵は無事だったがフレームを作り直してもらわなければならなかった。

それはともかく、あのときタイガは何の資料を祥に届けさせたのだろう。あのときでも「中西商事問題」がネットなどでちらほらと話題になっていた。マキはその件について、わざと軽犯罪で刑務所に入ってまで関係者と接触をして裏を取ってきたのだ。当然のように、マスコミや他の誰よりも先に情報収集を行っていたはず。

それから一週間ほどして、週刊誌のスクープによって本格的に注目を浴び、大手のマスコミも順次その話題を追う形でテレビや新聞のニュースになっていたはず。そして、その頃になると二人は祥に使い走りはさせなくなってしまった。

(ちょっと、待って。落ち着いて考えなきゃ……。とにかく、落ち着いて……)

祥は手にしていたモップを近くの壁に立てかけて、パイプ椅子に座ると両手で頭を抱えて考える。このときも思い出していたのは、祥が拉致されたばかりのときのマキとタカの会話。

『案の定、黒幕は海の向こうだ。脅しのネタを握っておいて、寝返らないよう釘を刺すつもりだろう』

『奴らが狙っているのは？』

『中西商事の案件だ』

マキが刑務所に入ってまで得たかった情報は、父親である代議士を陥れるために使われる案件がどれかということ。

要するに、その代議士には政治家生命にかかわるようなスキャンダルネタがいくつかあったのだろう。それは別段驚くことでもない。収支報告書記載漏れ、不正献金、選挙違反、経歴詐称、愛人スキャンダルなど、すべての政治家ではなくても、何一つ後ろ暗いところがない者のほうが少ないと思う。

そして、「黒幕は海の向こう」という言葉と「寝返る」という言葉。今度はその意味を考えなければならない。

その代議士は、海の向こうのどこかの国と水面下のパイプを持っているとしよう。そのパイプによって何をしているのかといえば、日本の国益よりも先方が有利になることだろう。なんらかの便宜を払ってやることにより、金銭などの見返りを得ている。そこに国と国を跨いだ不正と裏切りの構図があるということだ。

ただし、互いの利益が一致して蜜月《みつげつ》を過ごしているうちはいい。問題はその関係にヒビが入ったときのこと。海の向こうの国からすれば手駒としていた日本の代議士が寝返って自分たちを裏切らないよう、何か脅しのネタを握っておきたい。その画策が行われているのはわかっていても、どの案件を使って脅してくるのか絞り込めなければ対策が打てない。

唯一情報を握る男は塀の中で、自らが受刑者となって近づいた結果、それが「中西商事事件」であるというのがマキの得た情報だ。

（よしっ、よしっ。話は繋がったぞ……っ）

祥は導き出した答えに、思わずパイプ椅子から立ち上がるほどに興奮していた。だが、さらに考えなければならないことがある。

マキとタカは相手がこの件に関して父親の尻尾を握る前に、すべての証拠を隠滅しておこうとしていたはず。ところが、その矢先に日本の週刊誌がスキャンダルをすっぱ抜いてしまった。これは双方にとって予想外の展開だったに違いない。

そうなると、もっとしっかり証拠固めをしてからと考えていた検察も早急に動かざるを得ない。検察が本格的に動き出したら、マキやタカの活動には大きく制限がかかってしまう。下手に動けば、反対に疑う動機を与えてしまうことになるからだ。

怪しいと睨んで捜査対象になっていた人物に関して、不利な情報を知っている人間が次々に命を落としていくなどという不穏な事態が起きれば、それはその人物が黒であると証明しているようなものだ。

マキやタカの裏工作は、誰の利益になるか曖昧な段階で行うからこそ意味があった。少なくとも、「中西商事事件」については、もはや手の下しようはないのではないかと思う。あとは検察との攻防で、いかに立件を逃れるかにかかっているということだ。

椅子の周囲を歩き回りながら懸命に考えていた祥だが、そこで一度大きく深呼吸をした。もうマキとタカの手からこの案件は離れていればいい。情報を得るための四ヶ月の服役は無駄骨となったとしても、こんな政財界を揺るがすような大スキャンダルの中で、マキやタカが危険な目に遭う必要はない。

二人の実父が誰であれ、これまでもあれこれと工作をして自分のスキャンダルを揉み消してきたような男なのだ。今度もきっとうまく立ち回り、よしんば立件されても起訴だけは免れるだろう。

そう思って安堵《あんど》の吐息を漏らしつつ、あらためて椅子に腰を下ろそうとした瞬間だった。そうじゃないと祥の背筋が伸びた。そして、誰もいないガレージで声を上げてしまう。

「いや、違うっ。立件されたら駄目なんだっ」

隠蔽《いんぺい》し、隠滅すべき証拠は「中西商事事件」にかかわった事実ではなく、立件するに足る証拠のほうだ。

このスキャンダルで立件されたら、父親の政治生命を脅かすことになる。「中西商事事件」

とのかかわりについては、関係した政治家の名前が報道されるのは時間の問題だ。おそらく、少なくない人数がそのリストに上がってくるだろう。それよりも、今となってはその中で誰が立件され、誰が立件を免れるかということが問題点なのだ。

　邪魔者がいなければ、立件を避けるためこれまでのようにあらゆる手を尽くし、うまく立ち回ることもできるだろう。しかし、今回ばかりはそう簡単な話ではない。

　立件の証拠となるものを、たった今この瞬間も揉み消そうとマキたちは画策しているだろうし、その証拠を先につかんでこの先一生の脅しのネタにしようと敵もまた懸命になっているはず。そして、そんな水面下の攻防をどこまで把握しているのかわからないが、検察は検察で事件の解明を追っている。

　混乱する頭を整理したところで、その先に待っていたのは新たな困惑だ。「中西商事事件」について、問われるとすれば贈収賄の罪だろう。それを立件するための証拠というのはなんだろう。そんなこと、祥の頭でいくら考えてもわかるわけはなかった。

「クソッ。駄目だっ、駄目だっ、全然わかんないよっ。わかるわけないよっ」

　祥は自分の無力さに苛立ちを感じ、さっき立てかけたモップを蹴《け》り飛ばして八つ当たりした。

　マキとタカは今頃何をしているだろう。父親をスキャンダルから救うため、また自分たちの手を汚しているのだろうか。認知もしてくれず、自分の都合だけでマキたちを利用するような人間でも、やっぱり父親に対する思慕はあるのだろうか。

少なくとも、タカはあの男から解放されたいと言っていたし、マキも解放してやりたいと言っていた。だとしたら、意外ではあるがマキのほうが父親への思いが強いのかもしれない。母親を殺害したあと、医療少年院で更生プログラムを受けたマキはとりあえず社会生活ができるほどになった。けれど、タカと引き離された施設ではまた彼の猟奇の傾向が現れたという。

父親には見捨てられ、母親には虐待され、信じられるのは弟のタカだけだったマキなのだ。そんなマキにとって、タカと離れることで精神の安定を欠くのは理解できる。だが、父親への感情がどんなものか、あまりにも複雑で祥には到底想像できるものではない。

少なくとも、虐待していた母親に対するような憎しみはないということだろうか。あんな男は金ヅルだと言い捨てながら、タイガの言っていたように彼らにとって父親はたった一人の肉親なのだ。恨みと相反する情の念があっても不思議ではない。自分たちの手を汚してまで働いてきたのだって、そんな父親のためだからこそ……。

そこまで考えて、祥は目を閉じてまた思い出す。これまで深く考えることのなかったマキとタカの会話を今になって思い出せば、見えてくるものがある。

『今回の件では、裏を取るために四ヶ月も臭いメシを喰わされた。その分の礼はきっちりとしてもらう。近頃、奴はずいぶんと好き勝手な注文を寄こしてくる。使い勝手のいい手駒だと思われるのは真っ平だ。まぁ、そのうちあの男とも決着をつけてやるさ』

『どうするつもりだ？』

『それは、まだ考え中ぅ～』

そのうちとはいつのことで、考えたマキはどう決着をつけるつもりだろう。なんだか、ものすごくいやな予感がする。

祥は倒したモップを拾ってロッカーに入れると、ガレージの奥の事務所に向かう。そこには店の金庫や大切な書類も保管されているが、タイガは祥のことを信用して店番をまかせていったから鍵はかけていないはず。祥がドアノブを回したら、案の定簡単に開いた。

タイガを裏切るようで少し悪い気もしたが、それでも今はこうするしかない。祥は事務所のデスク横にあるキーボックスを開く。そこには店のあらゆる場所の鍵の他、タカにまかせているエア・ガンショップの鍵などもすべてここに保管されている。

（だから、きっと部屋の鍵もここにあるはず……）

そう思って一つ一つ確認していき、ある鍵に目を止めた。見覚えのある特殊な鍵の形だから、間違いない。祥はそれを取って自分のポケットに入れる。それから事務所を出たところで、ちょうどタイガがバイクの納車から戻ってきた。危ないところだったと、さりげなく額の汗を拭った。

「お待たせ。おっ、ガレージの掃除をしておいてくれたのか。感心、感心。よし、約束どおりうまい中華を奢《おご》ってやるぞ」

トラックを表に停めてガレージに入ってきたタイガが、すぐに店を閉めるからと言い事務所に向かおうとしたので、祥は慌てて声をかける。

「あっ、あの、ごめん。家から電話があって、夕飯の用意ができているからすぐに帰ってこいって」

「なんだ、そうなのか。だったら、しょうがない。さんざん親に心配かけたんだから、しばらくはいい子にしてなきゃな」

「うん、そうするよ」

ちょっとギクシャクした声で言ったものの、タイガは何も疑わずに祥のバイクを出してきてくれた。

「釣りの道具はどうするんだ?」

「また、今度くるよ。それまであずかっていて」

そう言い残すと、祥は原付バイクでタイガの店をあとにした。

もちろん、自宅へ帰るつもりはない。向かった先はマキとタカのマンションだった。

◆◆

いきなりの解放から二週間ぶりだった。祥は再びマキとタカのマンションの前に立っていた。ジーンズのポケットにはタイガのところから拝借してきた二人の部屋の鍵が入っている。大学の友達に会ったから一緒にご飯を食べて帰ると、家にもちゃんと電話を入れておいた。場合によっては少し遅くなるとも伝えて、よけいな心配はさせないよう万全だ。

ただ、慌ててバイクを飛ばしてやってきたものの、二人がいるとはかぎらない。いても会ってくれるともかぎらない。それでも、祥はなんだかひどくいやな予感がしたのだ。

マンションのエントランスのオートロックは番号入力で、それは覚えているから問題ない。建物の中に入って、エレベーターで二人の部屋のある五階まで上がる。部屋の前まできたところで玄関から様子をうかがうが、外廊下に面した書斎の照明はついていない。

(出かけているのかな……?)

携帯電話で時刻を確認すれば、夕方の六時半。特別なことがなければ、タカはまだエア・ガンショップにいて、マキはバーテンの仕事が入っていれば出かけている時間だ。

祥は玄関先でしばらく迷っていたが、このままここにいても仕方がない。タイガのところから拝借してきた鍵を玄関ドアに差し込み、すぐ横のパネルを開いて覚えている四桁のナンバーを打ち込む。

もし祥を解放したあとで番号を変更していたら、せっかくタイガのところから鍵を持ってきても無駄になるが、幸い暗証番号は変更していなかったようだ。

ドアが開いて中に入ると、部屋はしんと静まりかえっていた。祥はここにいたときの習慣で玄関ドアを内側からロックすると、一応声をかけながらリビングや寝室も見てみたが二人とも外出しているようだった。

（なんだ、いつもどおり仕事に出かけているだけか……）

そう思った途端、祥は拍子抜けしたようにリビングの床にへたり込む。タイガのところから合鍵を盗んでまで飛んできたけれど、しょせん自分のいやな予感など勝手な思い込みでしかなかったのだ。

マキとタカは危険な真似をしていても、ちゃんと自分たちの安全は確保していた。二人はそういう意味では素人ではないのだ。それに、万一マキが暴走するようなことがあっても、タカがいればそれを止めるだろうから、祥が心配することもない。

勝手に慌てたあげくすっ飛んできて、不法侵入してしまったことのほうが問題だと思った祥が、急いで部屋を出ようとしてリビングのドアを開けたときだった。

玄関ドアの鍵が開く音がした。マキかタカが戻ってきたのだろう。焦った祥は急いでリビングに戻り、左右を見渡して、寝室に駆け込む。

自分が拉致されてきた当初寝泊まりしていた螺旋階段上のロフトに上がろうかと思ったが、

その考えをとどめたのは部屋に入ってきたのがマキとタカだけではないとわかったからだ。

「なんでこんなことになるんだっ。まったく、厄介《やっかい》な話だなっ。だいたい、おまえたちが早くに手を打っておかないからこんな面倒になったんだぞ」

その吐き捨てるような声は初めて聞いた。祥がこの部屋で飼われていたとき、ここを訪れた人物はタイガだけだった。ここはマキとタカにとっては自分たちが許した人間しか侵入を許さない、聖域のような空間だったはず。

そこに罵声《ばせい》とともにやってきたのは、いったい誰なんだろう。祥は奇妙な思いとともに、半開きになっている寝室のドアの陰に身を潜めて様子をうかがっていた。

「週刊誌の記者のスクープは予想外だった。それは向こうも同じだ」

タカのいつもの冷静な声が聞こえた。ただ、それだけで彼らが「中西商事事件」について話しているとわかった祥は、ドアの蝶番《ちょうつがい》のほうの隙間からリビングをのぞき見る。

「そんな言い訳はいい。とにかく、証拠という証拠を消して回れっ。あいつらにその証拠をつかまれたら、検察に嗅ぎ回られるよりも始末に悪い」

「闇雲に火消しをして回っても意味はない。誰が一番重要な証人になる得るか、見極めてから行動に……」

「そういう悠長なことを言っていたら、連中に出し抜かれてしまうだろうがっ。そうなったら、一生奴らのいいように使われてしまう。そんなことは絶対に耐えられん。後世まで汚名を残してしまうことになるっ」

激昂《げっこう》している男はタカの言葉さえ遮り、畳みかけるように己の苦境を訴えている。

以前の祥なら、いったいなんの話だろうと首を傾《かし》げていたと思う。だが、今はその会話がすべて納得できて、自分の立てた筋書が間違っていなかったと確信するだけだった。

そうであるなら、たった今リビングでマキやタカを相手に身勝手なことを怒鳴り散らしている男が彼らの実の父親ということになる。

祥は体の位置を少しずつずらしながら、隙間からリビングをうかがい見る。マキが不機嫌そうにソファに座っているのが目に入る。タカの姿は見えないが、声の位置からすると寝室を背にしてリビングボードの前に立っているのだろう。そして、問題の男を見ようと祥は蝶番の隙間にさらに身を寄せた。

そして、ついにその姿をとらえることができた。マキが座っているすぐ横で、苛立ちを隠せないように親指の爪を噛《か》みながら部屋を左右に歩き回っている。

（あ、あれは……）

祥はその顔を知っている。内閣の一人一人を調べたときに見た顔だ。それは、現法務大臣である古賀雄司《こがゆうじ》に間違いない。

病弱だった父親の基盤を継いで若くして衆議院議員となり、当選七回目で外務大臣に抜擢《ばってき》された。順風満帆と思われた政治家人生だが、数年前には個人事務所の収支報告書の虚偽記載を問題視されたこともあれば、銀座のホステスとの愛人問題などで失脚も経験している。現在は過去のスキャンダルの謹慎期間的な意味で、法務大臣という地味な地位に甘んじているものの、過去にその任を受けた大臣とは違い精力的に政界で活動していることは広く知られている人物だ。

ただし、この部屋にいてマキとタカを前にして怒鳴り散らしているその姿は、世間の誰もが知ることのない彼の本性なのだろう。

マキはタカが父親似で冷静だと言ったが、それは嘘だと思った。容貌なら政界でも多くの浮名を流してきたと評判の古賀は確かに整った目鼻立ちをしている。それゆえにスキャンダルは多くても、選挙になれば票を集めることができたのだろう。

けれど、タカは古賀とは決定的に違う。古賀にあるのは計算高さであって冷静さではない。だからこそ、タカは古賀のことを嫌悪しているのだと思った。それは、マキのように激しい感情ではなく、どこまでも冷たくその人間を軽蔑する感情だ。

「とにかく、今回のことはどうにかしなけりゃならんのだ。連中に尻尾を握られても厄介だが、立件なんぞされたらそれも困る。来年には息子が参議院に立候補する予定なんだ。その応援演説にも行けないとなると、なんのために養子をもらってここまで育ててきたんだか……」

ソファに座った古賀は、絶望したように頭を抱えて苦渋の呻《うめ》き声を上げる。だが、祥の目には子どもがデパートのおもちゃ売り場で寝転がってダダをこねている姿にしか映らなかった。

そんな父親の姿を見てマキとタカはどんな思いでいるのか、祥はなんだか胸が痛くなってきた。

祥の父親は社会的地位のある人間だが、一外資系企業の日本支社を取り仕切っているだけのこと。片や、古賀は日本という国を動かす立場にある人間だ。背負っている責任の重さが違うと言われたらそうかもしれないが、保身という身勝手さを思ったときに祥は自分の父親はけっして古賀のようではないだろうと思った。

これまで一言も言葉を発していないマキだが、その胸の内には何があるのだろう。それまで古賀の様子を観察していた祥が、少し視線をずらしてマキを見たときだった。その瞬間、祥は頭のてっぺんから足のつま先まで、はっきりと恐怖に対する悪寒を感じていた。

「養子に地盤を継がせて、あんたは数年ののちには隠退。いい筋書だ」

マキが低い声で言った。ソファに座っている姿は、まるで美しい人形をそこに置いたかのようだ。ただ、その手だけが小さく震えているのが隠れている祥の位置からも見えた。古賀はそんなマキの様子に気づくことなく、己の頭を悩ませている事柄に辟易《へきえき》とした様子で言う。

「そうならざるを得ないだろうな。今回のことが表沙汰にさえならなければ、もう一度外務大臣くらいはやれただろうが……」

「法務大臣なんざ、一線を外れた奴がやるもんだってことか？　確かに、スキャンダルまみれで、法を遵守しない人間がやっているってのは皮肉なもんだ」

マキは相手が大臣だろうが、父親であろうが遠慮してものを言うことがない。そして、彼の口調から父親への尊敬や愛情は微塵《みじん》も感じられない。祥は内心、やっぱりそうなんだと思いながら唇を噛み締めていた。

「知ったふうな口をきくな。誰のおかげで四ヶ月で出所できたと思っているんだ。それ以外にも、中で不自由のないように手配しておいてやっただろう」

古賀が言ったので、思わず祥が「誰のためだよっ」と怒鳴りそうになったが、タカが冷静な口調でそれを言ってくれた。

「あんたの依頼だ。恩着せがましく言《い》うのは筋違いだ」

タカの言葉が正論だから、古賀も唸《うな》るように黙り込む。この男がそうなのか、地位や権力を得れば誰もがこんなふうに傲慢《ごうまん》で不遜《ふそん》な人間になるのかわからないが、祥ならこんな父親を慕うことはできそうにない。

「それで、誰が一番重要な証人になり得るんだ？　少しは目処もついているんだろうな？この数週間で何かわかったことはあるのか？」

都合が悪くなるとさっさと自分の用件に戻る古賀だが、このときばかりは交渉ごとには饒舌《じょうぜつ》なマキもあまり口を開かない。タカはいつもどおり無口なままだ。二人がどれくらい複雑な思いでいるのか、古賀自身は理解しているのだろうか。

まるで自分の執務室で、秘書に向かって今日のスケジュールをさっさと言えとでも命令しているような態度で、さらに言葉を続ける。

「明後日《あさって》にはこの件を最初にすっぱ抜いた週刊誌が、関係した議員のリストを掲載した最新号を出す。まだリストは手に入れてないが、どうせわたしの名前も……」

そこまで言いかけたとき、タカがサイドボードの引き出しから何かを取り出してコーヒーテーブルの上に投げた。祥が目をこらして見れば、そこには見覚えのあるＡ４サイズの茶封筒があった。

あれは、祥が以前にタイガのところから運んできたものだ。どこにでもある茶封筒だが、祥がバイクで運んでくるとき、丸めてジャケットの内ポケットに無理矢理押し込んだので皺《しわ》が残っている。

「そいつが掲載予定の関係政治家のリストだ」

タカの言葉を聞いて古賀が飛びつくようにその封筒を手にすると、中身を出して書類を確認している。そして、上から順番に見ていくと途中で自分の名前を見つけたのか、重い溜息を漏らして片手で額を押さえている。

「まずいぞっ。譲渡された株数も記載があるじゃないかっ」

名前だけでも充分なダメージだが、株数まで詳細に調べ上げているとは思っていなかったのだろう。このときはマキがいつもの軽い口調で言った。

「そりゃ、まずいだろうね。なにしろ、あんたと農林水産省の吉村《よしむら》がダントツに多い。派手に叩かれるんじゃないか。過去のスキャンダルも一緒にほじくり返してくれるかもしれないな。個人事務所の収支報告書の虚偽記載に、銀座のホステスとの愛人問題だったっけ？　あとはずっと隠しおおせてきた俺たちのことも明るみに出たりしてな。ああ、大変だ」

それでなくても苛立っていた古賀は、マキの茶化すような皮肉にそのリストを床に叩きつけると怒りを爆発させるように怒鳴った。

「だから、どうにかしろと言ったんだっ。まったく、なんのためにおまえらを飼っていると思っているんだっ。誰のおかげでこんな生活ができていると思っているっ」

「俺たちは飼われた覚えはない」

タカの反論に古賀はよけいに激昂したように、床に落ちたリストを蹴り上げた。

「着るもの食べるものに不自由しないだけでも感謝してればいいんだ。とんだ金喰い虫どもめっ。だいたい、こんな優雅なマンション暮らしができる身分か？　戦争屋崩れと片方は親殺しだぞ。それでも、血が繋がっているからと思って情けをかけてやってきたのに、こんな役立たずぶりじゃ意味がないっ」

なんてことを口にするんだろう。この男にまともな人の心はあるんだろうか。マキとタカがどんな気持ちで古賀の言葉を聞いているのかと思うと、祥の心のほうが張り裂けそうだった。

「わたしはこんなスキャンダルで失脚するわけにはいかないんだっ。わたしにはまだまだやらなければならないことがある。わたしにしかやれないこともある。この国に必要とされている人間なんだっ」

「たいした自信だな」

マキの冷たい言葉を聞いても、古賀の心は1ミリも震えないのだろう。

「わたしはそれだけのことをしてきたんだ。おまえたちなんぞにはわからんよ」

「タカ、聞いたか？　俺たちなんぞにはわからないらしいぞ。確かにそうかもしれないな。俺はいかれている母親殺しだが、人を踏みにじって生きる人生がおもしろいのかどうかはわからない。なぁ、タカ、お前はわかるか？」

そのときのマキは、まるでタカのような淡々とした話し方だった。それだけに、何か不気味なものを感じる。祥は不穏な予感に小さく体を震わせながら、ドアの隙間から瞬《まばた》きも忘れてマキの様子を見つめる。

相変わらず美しい人形がソファに座っているような様子だが、何かが少しおかしい。ソファの肘掛けに置かれているマキの指だけが相変わらず小刻みに震えているのがわかる。その表情はうっすらと笑みを浮かべてはいるものの、まるで仮面のようだ。

マキの顔はハーフの母親の遺伝でかなり西洋的なのだが、このとき祥が思い出したのは日本の能面だ。赤い唇をわずかに開いて微笑《ほほえ》む女面の表情に似ている。一見優雅にも見えるが、何か深くて恐ろしい感情がその裏に潜んでいるようでとても怖い。

「何を青臭いことを言ってるんだ。おまえたちだって多かれ少なかれ人の人生を踏みにじってきただろうが。それはなんのためだ？　生きるためじゃないのか？　日常の生活の中でさえそうだ。まして国レベルでそれを考えたなら、甘いことを言ってはいられない。政治というのはそういうものだ」

古賀はマキの言葉を、まるで取るに足らない若造の不平不満を聞き流すように言った。政界にいれば、五十や六十でも「尻が青い」などと言われるのかもしれない。だが、一般の社会ではそうではないということを古賀は完全に忘れているようだ。そして、国レベルだろうが政治家だろうが、人の心がなければすべては意味がない。そんなことは子どもの袢でもわかることだ。

「甘くちゃ生きていけない……。そのとおりだ。ずっと昔、子どもの頃にそう思ったな」

何かを懐古するようにマキが小さな声で呟《つぶや》く。古賀にはよく聞き取れなかったのか、無視したまままた爪を噛みながら部屋をうろつき出す。これからどうするべきか、彼なりに必死で考えているのだろう。そして、どうせ無茶なことをマキやタカに依頼して、これまでのように金で解決しようとするに違いない。

だが、このときのマキはあきらかに奇妙だった。いつの間にか指の震えは止まっていて、さっきまで浮かんでいた笑みもまた消えていた。

マキの不穏な変化に気づいているのか、タカが駆け寄るとすぐに体を抱き締めようとする。できることなら、祥もここから飛び出してマキを抱き締めたかった。

だが、マキはそんなタカの手を軽く振り払うと、ゆっくりとソファから立ち上がる。そして、部屋を歩き回りながらブツブツとこれからのことを考えている古賀を横目に、さっきタカが茶封筒を出してきたリビングボードの引き出しのところへ向かう。

まだ何か古賀に渡す書類があるのだろうか。そう思った次の瞬間、祥はあの日のことを思い出した。祥がタイガのところから戻ってきて、リビングでマキとタカが喧嘩をしていたときのこと。

あのとき、激昂したマキはサイドボードの引き出しからナイフを取り出そうとしていた。珍しく自分に逆らったタカに向かって、母親のように刺してやろうかと脅していたが、もちろんあれはあくまでも脅しだったとわかる。

けれど、今は相手が古賀だ。古賀は「中西商事事件」について自分が立件されることだけを案じているが、彼はもっと重要なことを失念している。それはたった今、彼のすぐそばに迫っている危機だ。

古賀は考えがまとまらないまま窓際に立ち、そこから階下の景色を見下ろし重い溜息を漏らしている。マキはタカが書類を入れていた引き出しの下の段をそっと引いて開いた。あのときと同じ光景が祥の目の前で起こっている。

（あっ、ど、ど、どうしよう……）

一瞬、祥は戸惑った。隠れている自分が飛び出して行くべきだろうか。マキは本当に古賀を刺そうとしているのだろうか。タカはそのことに気づいているのか。いろいろなことが頭の中を駆け巡り、祥の頭の中はパニックになっていた。

だが、次の瞬間、マキが引き出しから大型のナイフを取り出したかと思うと、素早く古賀の背後に音もなく駆け寄る。それに気がついて、祥が寝室から飛び出したのと、タカがマキの背後を追ったのがほぼ同時だった。

「よせっ、マキッ」

「マキッ、やめてっ」

タカは叫びながらマキの体を背後から両腕で羽交い締めにする。祥は寝室のドアの近くにいた古賀をつき飛ばすようにして、自分がマキの前に立った。

「ショウ……？　なんでおまえが……？」

驚いたのはマキもタカもだろうが、先に声を出したのはタカのほうだった。そして、祥に突き飛ばされた古賀はずっと窓のほうを向いていたので事態が呑み込めず、祥を見て怒鳴る。

「なんなんだ、この小僧はっ。どこから潜り込んだ？　さっきの話を……」

そこまで言って、マキのほうを向いた古賀がその手に握られたナイフを見て悲鳴を上げる。

「ひぃ……っ。な、な、何を、何をするつもりだっ？」

もちろん、マキのしようとしていることくらいわかっているはずだ。だが、古賀はまだこの期《ご》に及んでもマキが自分を殺すなどとは思っていないようだ。

「そんな脅しでわたしをどうしようというつもりだ？　もっと金をせしめようって魂胆か？人の弱みにつけ込んで、どこまでも忌々しい奴だ。まったく、あの女もよけいなものを置いてあの世に逝ってくれたもんだ」

その言葉にマキは、自分を後ろから抱え込むように押さえつけているタカを振り払おうと暴れる。体力差もあるし、腕力は断然タカのほうが強いが、マキもまたタイガに訓練を受けた身だ。羽交い締めにされたときの外し方も知っている。

素早く全身の力を抜いたかと思うと、スルリとタカの腕から抜け落ちる。もちろん、タカはプロだからそんな外し方くらい予測していただろうが、相手がマキだと傷つけてはいけないという思いから力加減をしてしまい、簡単にその身を逃してしまった。

だが、マキのほうはタカの気遣いなど察しているのかどうかもわからない。もはや荒ぶる気持ちを抑えることもできないようで、邪魔をするなとばかり振り返りざまにナイフを突き出した。そんなマキの手首を押さえようとして伸ばしたタカの手を、ナイフの刃がざっくりと抉《えぐ》った。

「ひぃっ、タ、タカ……ッ」

タカの手の甲から流れ落ちる血を見て、今度は祥が叫んだ。

「お、おいっ、何をやってる。そんな物騒なものは置け。早く取り上げろっ。こんな奴に刃物なんか持たすんじゃないっ」

古賀は口を開くたびにマキの気持ちを傷つける。そして、同時にタカの心を打ち砕く。本当に人を踏みにじることをなんとも思わない男だ。いや、彼には自分が誰かを踏みにじっているという感覚さえないのかもしれない。

こんな男が国政に携わっている国がいい国になるわけがない。いっそマキの手で殺されてしまえばいいのにと、祥も一瞬だけ思った。けれど、それは駄目なのだ。

さっきまでの能面のような穏やかな顔が、鬼の面のようになっていた。鬼より恐ろしい蛇《へび》の面と言ったほうがいい。このときのマキの目にはあきらかに狂気が宿っていた。

「俺がいかれてるって？　ああ、そうだよ。あんたの血を引いて、あの女に育てられた化け物だからな。それも仕方がないだろうさ。タカだってまともに見えるかもしれないが感情を失っている。そういう意味じゃ二人とも、この世に生まれてきたのがそもそも間違いってことだろうな」

マキの言葉を聞いてハッとした。タカは冷静なわけではない。彼は感情の一部を失っていたのだ。だから、マキの理不尽にも耐えられるし、周囲から見ればとても冷静沈着に見えるのだ。

「だがな、俺たちがこの世にいるのは誰のせいだ？　あんたの所業が俺たちみたいな化け物を生み出したんだよ。だったら、その責任を取れよ。政治家様だろうが？　責任の取り方くらいわかってんじゃないのか？　あんたの周囲でも何人もいるだろう。心筋梗塞なんて言われながら、奇妙な死に方をした奴がさ。そろそろあんたも仲間入りしていい頃だ」

「ば、馬鹿なことを言うなっ。おまえ、本気でわたしを殺す気か？　わたしはおまえの父親だぞっ」

「馬鹿はおまえだろう。俺たちの父親だから、この手で殺すって言ってんだよ。赤の他人なら自分の手なんか汚さず、そのへんのチンピラにやらせてるさ。まったく、自分の言葉は矛盾している、人の言葉はちゃんと聞けない。あんた、それでも本当に政治家かよ？」

そう言ってから、マキがいきなりプッと噴き出したかと思うとこらえきれないように大笑いをしはじめた。ぎょっとしたように古賀がマキを凝視するが、タカと祥にはそんな姿は珍しくもない。

「ああ、そうか。そんなふうだから政治家なんだな。それくらい腹黒くなけりゃやってけないよな」

「黙れっ。おい、さっさとこいつからナイフを取り上げろっ」

古賀はもうマキには何を言っても無駄だと思ったのだろう。タカに向かって命令する。だが、タカもまたナイフを持ったマキに容易に近づけるわけではない。

その間もマキはじりじりと古賀との距離を縮めていく。

「やめろっ、マキッ。そんなことをしても意味などない。俺たちが、俺たちが消えればいいだけだ」

「うるさいっ。俺はこいつに復讐《ふくしゅう》するために生きてきたんだ。本当はもっと早くにやってもよかったんだ。けれど、お楽しみはあとになればなるほど大きくなるだろう。だから、ずっと待ってたんだよ。ようやくそのときがきたんだ。存分に楽しませろよ」

マキが聞き慣れたヘラヘラとした口調で言う。たった今、マキは心の底から青ざめている古賀の姿を見て楽しんでいるのだろう。

「マキ……」

それが祥の感じたいやな予感で、やっぱりそうだったのだ。

タイガの言うような肉親の情などではない。マキが古賀の裏仕事を引き受けていたのは金のためであり、あとは復讐の機会を狙《ねら》っていたのだ。それも、マキ自身が納得のいく絶妙のタイミングを待っていたということだ。

タカにも父親への恨みはある。だから、マキの気持ちは理解できると思うが、それでも古賀を殺すことで解決することは何もないと知っているから、懸命にマキを説得しようとする。

「落ち着け、マキ。だったら、もう充分だ。今度のことで放っておけば立件されて、勝手に失脚する。政治家生命は終わりだ」

「久々に、現役大物政治家が実刑判決を受けるのを見られるってわけだ。国会の会期が終わるとともに、法務大臣が刑務所暮らしってのはいい話題になるな」

「な、何を言ってるんだっ。わたしが立件されたら、おまえらだって困ることになるんだぞ。これまでだって、どれだけ便宜を図ってやったと思うんだ？　この恩知らずどもがっ」

古賀はまるで子飼いの犬に手を噛まれたかのように激怒して怒鳴るが、マキとタカの耳にはどうでもいい雑音にしか聞こえていないのだろう。祥の耳にさえ、それは愚かな人間の戯言《たわごと》にしか聞こえない。

「教えておいてやるよ。塀の中の暮らしはなかなか気楽なもんだ。だが、あんたにはちょっと苦痛かな。なにしろ起きている間中、人から命令されてばかりだからな。それから、服役の際にはちょっと屈辱的な身体検査もあるから、それも楽しみにしているといい」

さも愉快そうに語るマキに、古賀が低く唸るように言う。

「冗談じゃない。誰が塀の中なんぞに行くものかっ」

「ああ、そう。やっぱりいやか。そうだろうなぁ。ああいう場所でも楽しめるのは、俺みたいにいかれた人間だけかもしれないな。だったら、やっぱり殺してやろう。そのほうがあんたもいっそ惨めな思いをしなくていいんじゃないか」

そう言うと、マキがまたナイフを振り上げる。古賀はその切っ先が自分のほうに向いた途端、両手で自分の顔を覆いながら悲鳴を上げる。

「やめろっ。おい、ちょっと落ち着けっ。話せばわかる。だから、頼むっ。そのナイフを今すぐ下ろせ」

　頼むと言いながらも命令する古賀に、マキが一歩、また一歩と近づいていく。タカは手から血を流しながらも、その背後に忍び寄りマキを取り押さえるタイミングを計っている。

「ああ、思い出すなぁ。あの女をやったときもこんな気持ちだった。タカを殴り、俺に唾を吐きかけ、『死ね』と言い続けたんだ。生まれてきたことが間違いなら、タカと一緒に死のうかと思った。けれど、ちょっと考えてみたんだよ。いなくなるのは俺たちじゃなくて、あの女でもいいんじゃないかってね」

　マキは悲しみと狂気をその目に滲ませ、母親を殺害したときのことを語る。

「だから、俺はあの女をこの世から消してやった。明け方に眠っているあの女の体めがけて、何度も何度も包丁を突き刺した。刺した包丁を引き抜くたびに血が吹き上がって、それがかかると生温《なまぬる》くて気持ちが悪かった」

　そう言いながら、まるで今もその血が全身にこびりついているかのように自分の体を見る。

「こんな血が俺の中にも流れているのかと思ったらゾッとしたよ。きっとあんたの中にもあの女みたいに生温い血が流れているんだろうな。気持ち悪いから、あんたもこの世から消してやるよ……」

　それが自分の決断だとばかり、マキはついに構えたナイフを振り下ろそうとした。その瞬間、タカがもう一度背後から取り押さえようとしたが、いち早く祥が古賀の前に立つ。そして、両手を横に広げてマキの動きを身をもって遮る。

振り下ろされたナイフは、祥の目の前数センチでピタリと止まった。その瞬間、祥の背中に滝のような汗が流れ落ちたのがわかった。それでも、その場を動かずにじっとマキを見上げる。

「そこをどけっ。ショウ」

「駄目だよっ」

古賀は自分の前に盾ができたとばかり、自分より小さな祥の肩に両手を置いて隠れるように身を低くしている。情けないなどと思うより、とにかく自分の命が惜しいのだろう。本当は祥だってこんな男を庇いたくはない。けれど、マキに古賀を殺させるわけにはいかないのだ。

「なんで邪魔する？　いくらおまえだからって邪魔するなら一緒にやっちまうよ」

マキなら容赦なくそうすることはわかっている。けれど、祥はそこをどかなかった。タカもいきなりの祥の行動に驚きを隠せず、マキのそばからこちらを見つめている。

「駄目だよ。そんなことしたら、タカがマキを失ってしまう。タカが可哀想だからしたら駄目だ」

祥の言葉に、どういう意味だとばかりマキが首を傾げる。だが、タカはハッとしたように目を見開いていた。

「何を言ってる？　タカは一人で平気だ。むしろ俺がいなくなれば、タカは解放される。こいつだって兄弟ってだけで厄介者の見張りはもう疲れただろうさ」

それがマキのもう一つの本音。マキはずっと自分のわがままで、タカをそばに縛りつけていると思っている。タイガがタカに自衛隊に入るよう勧めた意図もわかっていたはずだ。互いにあまりにも精神的依存度が高いのを案じたタイガは、じょじょに二人を引き離そうと思っていたのだ。

もちろん、どちらかだけのことを思ってではなく、それぞれがどちらかを失っても生きていけるようしてやりたいという考えからだろう。

マキはそれを理解しながらも、タカが一緒にいたいという言葉を自分の都合のいいように利用してきたと思っているのだ。そういう自責の念があるから、ときには突き放したようなことを口走ることもあった。けれど、あれはけっしてマキの本心ではない。マキはマキなりに弟のことを案じて、いつかは自分のような厄介な存在から弟を解放してやらなければならないと思っていたのだ。

でも、祥に言わせればそれこそがマキの独りよがりだ。マキはちゃんとタカの気持ちを素直に聞いて、理解してあげるべきなのだ。

「そうやって復讐して自分だけ刑務所に入って、それでタカを解放してマキは満足かもしれないけど、タカはどうするんだよ。タカが望んでいることはそうじゃない。どうしてタカの本当の気持ちをわかってあげようとしないのさ?」

「それこそ、おまえに何がわかるんだ?」

悲しいけれど、ちゃんとわかっている。祥はいつしか、寡黙でいて優しさと寂しさに満ちたタカという人間が好きになっていた。大好きな人の気持ちを一生懸命理解しようとしてきた。だから、タカの気持ちはマキとは違う立場で、誰よりもよくわかっているつもりだ。

「タカはマキがいないと駄目なんだ。他の誰でも駄目なんだよ」

「そんなことないっ。だって、俺は、俺はタカを……」

「マキはタカを縛っていると思っているんでしょう? だから、タカを解放してやりたいと思っている。でも、タカがどう思っているかもちゃんと考えてあげてよ。自分がよかれと思うことが、本当にタカの幸せなのかどうかって、ことをさ……」

祥は夢中で説明しながら、いつの間にかボロボロと涙をこぼしていた。その理由を自分でわかっているから泣けてくるのだ。

マキがいなくなってタカが一人になったら、そこに自分が入る隙ができるんじゃないかと思うずるい気持ちもある。けれど、自分ではタカの気持ちを満たしてあげることができない。タカの体も満たせない。感情をなくしたタカを救えるのはマキしかいない。

祥はタカのことが好きだからこそ、マキにタカのそばにいて幸せにしてあげてほしいと思う。この世に生まれてきた理由が、「マキを守るため」という彼の思いを成就させてあげたいと思うのだ。

「タカは……、タカは……」

マキが言葉に詰まりながら、振り上げたナイフを持つ手を震わせている。そして、ゆっくりとタカを振り返る。

「俺はマキと一緒にいたいんだ。俺にとってマキ以上に大切な人間はいない。きっと自分以上に大事だ。だから、俺を置いてどこかへ行ってしまわないでくれっ」

タカはマキのそばまでくると、心から切望するようにその言葉を吐き出した。

「本気で言ってんのか？　おまえまで地獄に落ちるよ」

「地獄まで一緒に行くよ。俺はマキを守るために生まれたんだ。どこへでも一緒に行く……」

そう言うと、タカはマキの腕をつかみ自分の胸元へと引き寄せる。そして、彼の手からゆっくりとナイフを取ると、それを黙って祥のほうへと差し出す。

祥は急いでそれを受け取り、マキの手が届かないようにリビングの反対側にあるキッチンとの仕切りカウンターの上に置いた。

タカに抱き締められて、マキの興奮も少しずつ治まっていく。その様子を横目に、古賀が追いつめられていた窓辺からソロリソロリとリビングのドアのほうへと移動していく。

またマキが襲ってきても逃げられるようドアのすぐそばまで移動すると、ようやく危険から脱出した安堵感からか大きく吐息をついたのがわかった。そして、懲りもせずにマキとタカに向かって罵声を浴びせる。

「このいかれた兄弟どもがっ。おまえらなんかに仕事をさせたわたしが間違っていたんだ。役立たずの上に、平気で楯《たて》つくばかりかこの様だっ。どうせなら、あの女と一緒に……」

そのとき、祥がカウンターにあったフルーツバスケットからリンゴを取り上げ、古賀に向かって投げつけた。

「それ以上言うなっ」

その言葉はマキとタカにとって惨すぎる。それに、この男にそんなことを言う権利はないはずだ。だが、いきなりリンゴを投げつけられた古賀は、祥のそばまできたかと思うと頬を平手で打ってきた。

「なんの真似だ、この小僧がっ」

いましがた殺されかけた怒りがまだおさまらないところにものを投げられ、まるで八つ当たりのように祥を打った。それでもまだ気がすまなかったのか、返す手の甲で反対の頬も叩いた。その勢いで祥は後ろに飛ばされ、壁で背中を強打して崩れ落ちる。

「ショウッ」

窓辺にいたマキが名前を呼ぶと同時に、タカがものすごい勢いでこちらに向かってきた。そして、自分のジャケットの後ろに手を回したかと思うと、ジーンズの背に挟んでいた銃を手にする。

驚いた祥が声を出す間もなく、タカは古賀の片手を後ろ手にして捻《ひね》り上げ、上半身を肘で押さえてカウンターに押しつけた。

「おいっ、何を……っ」

「黙れっ。これ以上俺たちを怒らせるな。でなけりゃ、俺がおまえの頭を……」

そう言いながら、右手に持ったコルトガバメントで床に落ちていたリンゴを撃ち抜いた。粉々に砕け散ったリンゴを見て、古賀が悲鳴を上げて顔を懸命に横に振る。

「よ、よせっ。わたしのせいじゃないだろっ。この小僧がいきなりものを投げつけてくるような無礼を働くから……」

「無礼だと？　世の中におまえくらい無礼な人間もいないと思うがな。危うく刺されるところを救ってくれたのは誰だ？　そこにいるショウが身をもってマキを止めてくれたんだろう。礼の一つも言って、頭を下げても罰は当たらないんじゃないか？」

「そ、それは、助かったが……」

「いいか、マキも俺もおまえなど父親だと思っていない。おまえが俺たちを息子だとは思っていないようにな。だが、俺たちはおまえの都合のいい駒でもない。俺たちは自分の意思で仕事を選んできた。生きるために必要だったから、そうしてきただけのことだ」

そう言いながら、タカは銃口を古賀の側頭部に力任せに押しつける。カウンターに伏せた状態で身動きできない古賀は顔だけで振り返り、口角から泡を飛ばしながら叫ぶ。

「わ、わかったっ。わかったから、とにかく銃を下ろせ。そいつを頭から離してくれっ」

「今度の仕事も、やるとしたら自分たちの意思だ。おまえからの指示は受けない。人に尻拭いをしてもらっておきながら、偉そうに上からものを言うなっ」

「そ、それなら、それでいい。わかったから、頼むっ。銃を、銃を……」

タカが何を言っていても、今の古賀の耳にはその意味など理解できていないのだろう。ただ、銃が頭に突きつけられている恐怖に怯え、この状態から逃れたい一心なのだ。だが、タカはまだ古賀を許す気はなかった。

「それだけじゃない。おまえに言いたいことは山ほどあるが、どの言葉も口にすればうんざりすることばかりだ。おまえのような腐った男といかれた女の間に生まれてきた俺たちは、確かに世間からはみ出した化け物かもしれない。だがな、それを他の誰に非難されてもかまわないが、おまえにだけは言われたくないんだよ」

あの寡黙なタカとは思えないほどに、今の彼は怒りのあまり興奮し、どこまでも饒舌だった。そんなタカの姿には、マキでさえ驚きを隠せないように目を見開いている。

「もう一度言っておく。俺たちはおまえの駒じゃない。ついでに言うなら、これまでのおまえの悪事のすべてを見てきた人間だ。何より、俺たち自身がおまえの悪事の生きた証拠だからな。今後、もしマキを傷つけるような真似をしたらそのときはどうなるか、欲しか詰まっていないこの頭でよく考えろ。俺たちにはおまえと違って失うものはない。おまえを破滅に導くカードを握っているのは、他でもない俺たちだということをけっして忘れるな」

タカはそこまで言うと古賀の体をカウンターから引き起こし、首に銃口を押しつけたまま廊下へと引きずっていく。片手を後ろ手に捻り上げられたままの古賀は、押されるままに玄関に向かう。

祥が慌ててあとを追うようにして様子をうかがえば、タカは玄関ドアに古賀の体を突き飛ばし、銃を軽く振って帰れと合図をした。

「わ、わかったから、とにかく、例の件だけは……」

この状況になってもまだ何かを訴えようとする古賀に、タカはもう一言も聞きたくないとばかり、今一度銃を構えてピタリとその額を狙う。さすがに黙るしかない古賀は転がるようにして玄関を出て行った。

ドアが閉まる音がして、祥はリビングに戻りへナへナと腰が抜けるようにその場に座り込む。さっき古賀に打たれた頬が今になって痛みだして、思わず両手で自分の顔を挟む。

そこへ戻ってきたタカがそばにしゃがんで、祥の体を自分の胸へと引き寄せる。

「すまなかったな。それから、マキを守ってくれてありがとう……」

祥が黙って頷くとタカが頭を撫でてくれたので、久しぶりにペットに戻った気分になった。

それから、タカは立ち上がり、まだ窓辺に立ったままのマキのそばへ行く。

「マキ……」

　名前を呼ばれたマキは、なぜか小さく体を震わせていた。

　いつも、どんなときでも、斜に構えるようにこの世を眺め、小馬鹿にしたような態度で皮肉っぽい笑みを浮かべている。美貌の奥に狂気を滲ませながら、甘い毒をまき散らし人を惑わせる。そんなマキではない、本来の彼自身がそこにいた。

　まるで丸裸にされた少年のような姿がどこか痛々しく、祥の目にさえ初々しい気がした。

　タカはそんなマキの前に立つと、まるで怯える猫に触れるようにそっと手を伸ばす。

　マキは一瞬だけ体を緊張させて、それからゆっくりと自分が傷つけたタカの手を取る。流れ落ちる血は床に赤い染みを作っていく。

「タカを傷つけるつもりはなかった……」

「これくらい平気だ。それより、俺の血も気持ち悪いか？」

　タカがたずねると、マキはその血が流れる手の甲にそっと唇を寄せた。マキの赤い唇にタカの血がついて、さらに赤く染まる。まるで猫がミルクを嘗《な》めるように、マキはタカの傷口の血を嘗めた。そして、ゆっくりと顔を上げると、タカに向かって優しく微笑む。

「タカの血は気持ち悪くない。だって、タカの血は冷たい。とても冷たくて、凍えているみたいだ……」

　すると、タカもまたこれまで祥が見たこともないような柔らかい笑みを浮かべて言う。

「きっとマキの血もそうだ」

二人はこの世で自分たちだけが同じ血を持っていると確認し合うように唇を重ねる。祥はまだ床に座り込んだまま、ぼんやりと二人の姿を眺める。その姿は本当にきれいな一対で、誰であっても彼らを絶対に引き離してはいけないのだと思った。

◆◆

「ああ、タカ……ッ。すごく気持ちがいいっ。もっとそこを触って。もっとどこも全部触って……」

マキの淫らな声がタカを刺激して、二人の高ぶった体がベッドの上で絡み合っていた。ベッドサイドの照明のほのかなオレンジ色に、マキの白い体が妖《あや》しく染まっている。タカのたくましい体はブロンズがかり、筋肉の動きがより鮮明になる。

「タカのを嘗めたい。タカも俺のを嘗めてよ」

マキが言うと、タカはいつものようにマキの望みをすぐに叶えてやる。自分がベッドに仰《ぎょう》臥《が》すると、顔の上にマキを跨《また》がらせて互いの股間《こかん》に顔を埋《うず》め合う。

淫らに濡《ぬ》れた音が響く合間に、二人の深い吐息が漏れる。マキはタカのすでに硬く勃起したものを舌や唇で刺激してさらに大きくしようとする。タカのほうはマキのものを勃起させたまま、さらに後ろの窄《すぼ》まりにも舌を伸ばしていく。そこを突いては指を押し込み、柔らかく解《ほぐ》していくのだ。

もう何度も見た彼らのセックスを、祥は今夜もすぐそばのカウチで膝を抱えて座りながらじっと眺めている。もちろん、彼らの姿を見ているだけで下半身は痛いくらいに張りつめている。けれど、祥は餌《えさ》を与えられるのを待っている利口な猫のように、ベッドの下でおとなしくしている。

「ああ……、タカ、俺の後ろ、どうなってるの？　すごく疼《うず》くんだけど、もう柔らかい？」

「いい具合に開いている。マキの肌はこんなに白いのに、指で少し開くと中は真っ赤だ」

どこまでも赤裸々で生々しい会話に、祥がたまらずカウチで身を捩《よじ》る。二人の抱き合う姿を見ているだけでいってしまったら、またマキに笑われてしまう。もう初めてここに連れてきたときとは違うから、祥は懸命に股間を手で押さえて辛抱する。

そんな祥の様子を知っていて、マキはわざと激しく乱れてみせる。

「んんっ、ああ……っ、んふっ、タカ、もっと……っ」

タカが両手の指で押し広げた後ろの窄まりに舌を差し込んできて、マキはとろけそうな声でさらにほしがる。マキの淫らで貪欲《どんよく》な姿を、誰にも見せたくないというのがタカの本音なのだろう。でも、祥はペットだからそれを許されている。だから、自分はペットでいいと思う。それに、こうしておとなしくいい子にしていれば、そのうちご褒美がもらえることもある。

「もう我慢できない。タカがほしいっ。ねぇ、もう入れて」

マキは体の向きを変えて、横になるタカに抱きつき唇を重ねる。タカももうきっと限界に違いない。こんなに大きく張りつめるタカ自身を見て、祥の体も熱くなる。

あの大きくて硬いものは、マキの体の中だけでなく祥の体の中にも入ってきたのだ。体の内側が押し広げられる感覚は独特で、初めてのときはそこが裂けて体が壊れるんじゃないかと不安だった。

けれど、潤滑剤が奥へ奥へと送り込まれて中がすっかり濡れた頃には、タカ自身の抜き差しにも充分耐えられた。それどころが、何度も繰り返されるうちに体の中は火がついたように熱くなり、それと同時に背筋から脳天まで一気に快感が駆け上がっていった。

マキの体はそうやってタカが与える快感のすべてを受けとめ、味わい尽くす術《すべ》を知っている。タカの体もまた、マキの体ばかりか心まで全部包み込み愛することができる。二人は互いにとって、唯一の男なのだと思う。

「タカ、早く、早く、入れてっ。ほしい、ほしいから……っ」

「マキ……」

タカはマキがどのスタイルでほしがっているのか確かめようとしている。どんな些細《ささい》なことでも、タカはマキの望みをできるかぎり叶えようとするのだ。

「上にのるか？」

「それでいい。それでいいから、早く……っ」

今夜のマキはいつになく性急だ。ときにはタカを焦《じ》らして遊ぶときもあるのに、まるで早く自分の中に迎え入れなければタカの存在そのものを失ってしまうかのように求めている。でも、祥はそれもなんとなくわかっている。タカはマキが自分を突き放すようなことを口にするたび、わずかだが不機嫌そうに眉根《まゆね》を寄せたりしていた。

『いくら弟でも全部わかってるわけじゃないからな。兄弟といっても、俺とおまえは違う。しょせんは別の人間だ』

いつか車の中で彼らが交わした言葉を祥は思い出していた。あのときもタカは辛そうだった。どうしてマキはそんなことを言うんだと、心の中では問い詰めたい気持ちだったのかもしれない。

けれど、それ以上に不安だったのはマキのほうなのだ。マキは自分がタカを縛っているとずっと思い込んできたのだ。おそらく、タイガがそれとなく二人を引き離そうとしたことでも、その不安を増幅させたと思う。

タイガにはタイガなりの二人を案じる気持ちがあったからしたことだが、マキにとってはさらに自責の念を抱くことになったのだと思う。

自分がタカを手放さないかぎり、タカは自由になることができない。けれど、タカを失うのが怖い。タカがそばにいなくなったとき、その飢えや渇きを満たすために自分の心が狂気へと走るのが怖い。それこそがずっとマキの中にあった恐怖なのだろう。

『俺は自分の意思でマキのそばにいる。それだけは疑われたくない』

いくらそばにいると言っても軽く受け流そうとするマキに、タカのあの言葉は切実な訴えだった。話すことが得意ではなく、感情をうまく表現できないタカなりの精一杯の言葉だったのだ。

マキは古賀への復讐とともに、自らがタカの前から姿を消そうと考えていた。服役というのは、もしかしたらマキにとっては一番自分が安心していられる状態なのかもしれない。常に誰かの監視下にあって、自分の狂気が発動しても制止してくれる者がいる。

以前、娑婆《しゃば》より塀の中のほうが安心していられる連中もいると聞かされたことがあるが、ある意味マキもそういう人間なのだろう。けれど、それでは残されたタカの心が飢えと渇きに苦しむことになる。

だから、祥は命がけでマキを止めた。古賀のような男を殺してマキが罪に問われ、タカが孤独に苛まれるなんて、誰一人幸せなことじゃない。

「ああ……んっ、タカぁ、入ってくるっ、うう……っ、すごくいい……っ」

タカはマキの望むように、座ったまま向き合う形でマキの中を彼自身で深く抉っていく。体を沈めていくごとにマキはタカの唇をほしがる。

「マキ……ッ。少し緩めてくれ。もっと奥まで行きたいから……」

「あっ、う、うん……、これでいいか?」

これまで何度も二人のセックスは見てきたけれど、今夜の二人はこれまでとは違っている。マキも性急だが、タカも驚くほどその高ぶりが見ていてわかる。こんなにも自分をさらけだして求めるマキと、興奮という感情をあらわにするタカは初めて見る。

それはこれまでで一番幸せそうなセックスで、なんだかそういう二人を見ているのがものすごく嬉しい。祥もまた高ぶる体が限界を迎えそうになっていて、気がつけばジーンズの前を開き自分の手を股間に潜り込ませていた。

みっともないとか、手を汚してしまうとか、そんなことは何も考える余裕はない。マキとタカの動きもどんどんと速くなっていって、ぴったりと体を密着させたまま激しく腰を上下させている。

「あっ、タカッ、タカッ。んんっ、ん……っ」

「ううっ、マキ……、もういくっ」

二人の声とともに、祥もまた自分自身を夢中で擦《こす》り上げる。

「あうっ、はぁ……っ、あ……っ。い、いくぅ、いくっ」

最初に果てたのは祥だった。自分の手をべっとりと汚して、カウチにぐったりと身を沈める。その横のベッドでマキとタカもそのときを迎える。

向き合ったままの座位でマキが大きく体をのけ反らせて、タカはそんなマキの顎に唇を寄せ、最後の深い一突きとともに二人の動きがピタリと止まる。

射精の瞬間、マキが体を小さく痙攣《けいれん》させ、タカは低い呻き声とともにマキの体を強く抱き締める。

「ああ……っ」

やがて弛緩《しかん》した二人の体が、気怠《けだる》い吐息とともにベッドに崩れ落ちていく。祥はまだ果てたあとの体を丸めたまま、惚《ほう》けたように二人の姿を眺めていた。

オレンジ色の照明に照らされながら、三人はしばらくの沈黙の中で快感の余韻を楽しむ。けれど、体の奥のほうではまだ小さな疼きがくすぶっていて、「足りない」、「もっとほしい」と果てしない欲望が渦巻いていた。

祥はまだ十九歳で、セックスの快感を覚えたばかりで、そして大好きな人が二人も目の前にいる。そればかりか、その二人は裸であまりにも扇情的な姿を晒《さら》しているのだ。果てたばかりのものも、わずかな間でまたチリチリとした快感の先走りをこぼしていた。

いまさらとは思っても、こんなふうにガツガツしているところを見つかったらやっぱり恥ずかしい。今にも果てそうになっていたときはみっともなくてもなんでもいいと思ったけれ

ど、一度熱が引けば祥にだって羞恥心《しゅうちしん》は残っている。

ベッドの近くのティッシュを取って汚れた手を拭《ふ》くと、ジーンズの前を閉じてトイレに行こうとした。そのとき、ベッドに横たわっていたマキがこちらに向かって手を伸ばす。

「ショウ、おいで……」

「えっ、で、でも……」

汚れた手も洗いたいし、まだおさまりきらない疼きも自分で処理してこなければと思っていた。けれど、マキはそんなことはどうでもいいからこいと手招きをする。

ちょっと迷ったけれど、マキが呼んでいるからそばに行きたい。タカのところへ行きたい。ただそれだけの気持ちでベッドのそばに立つ。

「おまえもいったのか?」

祥がちょっと照れた顔で、汚れた手を後ろに隠しながら頷いた。

「でも、まだ足りないんだろう?」

見栄を張ったり強がったりしても仕方がないから、それにも素直に頷いた。すると、マキは楽しそうに笑って頭を撫でてくれる。

「いい子だ。そういういやらしい子は好きなんだよ。知ってるだろ?」

初めてこの部屋に連れられてきたときも、二人のセックスを見て勝手に一人で果ててしまった。そして、その姿を見て、マキは祥をペットにして飼おうと言い出したのだ。奇《く》しくも自分の恥ずかしい姿がマキの気を引いたということだ。

マキはベッドの前に立ってもじもじと腰を動かしている祥に、裸になるように言った。もちろん、祥はマキの命令には逆らわない。急いで自分のヨットパーカーやジーンズ、そして下着まで全部脱ぎ捨てたら、ベッドに上がってもいいと許可が出た。

ぴょんとベッドに飛び乗った祥の姿を見て、タカが少し頬を緩めて呟《つぶや》く。

「まるで本当の猫だな」

自分でもそう思ったから短く猫の鳴き真似をしたら、マキにものすごく受けてしまった。べつに狙ったつもりはないが、タカが祥のことを「妙なところでカンがいい」と言うのは多分こういうことなんだと思う。

苛められっ子だった祥の言動は同世代の友人たちには退屈でつまらないのかもしれないが、人と少しばかり感覚の違うマキにはおもしろく映るのだ。

マキは鳴き真似をした祥の喉《のど》の下をクルクルと撫でる。その間に、いつも二人がベッドに常備しているミントウォーターのスプレーを使って、タカが祥の自慰で汚れた手を拭いてくれる。これで手を洗いに行かなくてもよくなったが、下半身のほうはまだ疼いたままでもじもじと腰を揺すっていた。

「さてと、俺たちの猫はいい仕事をしたから、ご褒美をやらなくちゃな。何がほしいか言ってみな？　なんでもいいぞ」

「本当になんでもいいの？」

「なんなら、タカをくれてやろうか？　おまえ、タカに惚《ほ》れているんだろう？」

思わず祥が「ぎゃっ」と小さな声を上げて、顔を両手で隠した。まさか自分の気持ちがマキにばれているとは思わなかったのだ。タカは気づいていたのかどうかわからないが、マキの冗談に苦笑を漏らしてから、このときもきっぱりと言う。

「俺はマキ以外の誰のものにもならない。だが、ショウは可愛いと思っている」

もちろん、祥だってそれはわかっている。それに、祥には他にほしいと思っているものがあった。でも、それを言うとマキには呆《あき》れられ、タカには叱られそうな気がしてなかなか口にする決心がつかない。すると、マキが祥の髪をくしゃりとつかみ、返事の遅い猫に意地悪い口調で言う。

「おい、そうやっていつまでも言わないなら、何もやらないぞ」

「あっ、ほしいっ。あの、マキが……」

ボソリと言うと、ちょっと顔を見合わせてからマキが肩を竦《すく》めて笑う。

「なんだ、タカだけじゃなくて、俺にも突っ込まれたいのか？　この淫乱《いんらん》小僧めっ」

どうやらそれなら許してくれそうだが、実はそうじゃない。

「違う。マキに……」

ここでまた言い淀《よど》んでから俯いたまま言った。

「マキに入れたい……」

下を向いたままの祥はこのとき二人がどんな顔をしているのかわからなかったが、しばしの沈黙が怖かった。だが、すぐにマキのいつもの馬鹿笑いが聞こえた。ここでそんなに笑うだろうかというとき、マキはなぜか涙を流さんばかりに笑ったりする。

「俺に入れたいってか？　タカ、どうするよ？　この猫はただの猫じゃないと思っていたけれど、どうやら盛りのついた人間の小僧らしいぞ」

いまさらそれを言われても困るし、よけいに恥ずかしくなる。でも、これも男としての欲望と好奇心なのだ。タカに何度か抱かれてその快感は知った。マキはいつだってタカには祥を抱かせるが、自分は祥の体を好きなように撫でまわして遊んでいるだけで、結局一度も抱くことはなかった。

きっとマキは男同士であっても抱くことはできないのだと思う。それに気づいたとき、祥は自分はどうなんだろうと思ったのだ。抱かれてもまだ抱きたいという欲望はあるが、実際に誰かを抱くことはできるだろうか。

そして、抱いてみたいと思う相手を想像したら、それはやっぱりマキしかいなかった。けれど、二人のあまりにも強い繋がりを知っている祥だから、自分が無謀なおねだりをしていることはわかっていた。

「やっぱり、駄目だよね……」

駄目元で言ったのでべつにいい。褒美なら久しぶりに二人のベッドで一緒に眠るだけでも満足だ。あの日、突然駅のロータリーで車から放り出されたときはもう二度と会えないと思った。でも、こうしてまた二人のそばでいられるだけで充分だ。

そう思ってベッドの上でコロリと横になったら、いきなりマキが祥の体に覆い被《かぶ》さってきた。驚いた祥が体を緊張させたら、マキがタカにコンドームと潤滑剤をよこせと言う。

「おい、これっきりだぞ。俺の後ろはタカ専用だからな」

「えっ、えっ、本当にいいのっ？」

祥はマキだけでなく、タカにも何度も確認した。タカは例によってマキがいいというならいいという返事だった。

抱かれることにはやっと慣れたが、抱くとなるとまったく要領がわからない。マキを満足させるなんて大それた野望は抱いていないけれど、きれいな体を傷つけてはいけないということだけを案じていた。けれど、それはいらぬ心配だった。すぐそばでタカが何もかも丁寧に教えてくれるというから。

「俺の言うとおりにすればいい。まずはマキのきれいだと思うところを撫でてみろ」

「えっ、でも、全部きれいだよ」

あまりにも正直な感想に、タカがわずかに口元を緩めて言う。

「だったら、全部触れてみればいい」

頭の下で腕を組み、両足を投げ出してベッドに仰臥したマキの体に触れてみる。きれいな顔から白い胸と脇腹、茶色のヘアに覆われたタカのものより色素の薄い股間と陶磁器のような内腿《うちもも》。祥はすべての場所に指で触れて、唇と舌を這《は》わせた。

マキは少し擽《くすぐ》ったそうにしていたが、それでも祥の好きにさせてくれる。それはまるで母猫がじゃれつく子猫を好きに遊ばせているのに似ている。満足はさせられないけれど、手を撥《は》ねのけられないということは不快な思いをさせているわけでもないということだ。

「まどろっこしいぞ。もっとちゃんと感じさせてみろよ」

挑発の言葉にむしろ安心した祥は、もう少し大胆にマキの体に触れてみる。

「んぁ……っ、そうそう、いい子だ」

マキは小さな笑い声を漏らして、ときおり祥の髪を指先で摘《つ》まんで引っ張ったり、膝頭で祥の股間を突いたりしてくる。なんだかすっかり楽しくなってきた祥は、以前にも習ったやり方でゆっくりとマキの股間に顔を埋める。

大きさや色は違っても同性のものだ。けれど、嘗めても銜《くわ》えてもまったく抵抗は感じない。それよりも滅多に触れることのできない何か大事なものに触れているという思いに、祥はすっかり興奮していた。そして、それは祥の下半身の変化にも如実に表れていた。

痛いほどに勃起している祥のものを見て、タカがタイミングを計ったかのようにゆっくりとマキの体をうつ伏せに返す。マキはタカのするがままにコロリと体を返し、自分の両腕を重ねた上に顎をのせて笑顔でこちらをうかがっている。

「あ、あの、えっと、ここからはどうしたら……?」

マキの後ろに入れたいのだが、具体的にどうすればいいのかわかっているようでいてやっぱり不安だった。祥が渡されたコンドームをつけている間、タカはさっきまで彼自身を埋めていたマキの後ろの窄まりに指を入れ、ゆっくりと潤滑剤を送り込んでそこを解している。

「んんっ、あっ、んふ……っ」

慣れた指にはすぐに反応して、マキは気持ちよさそうな声を漏らす。祥はその様子をじっと見つめながら、濡れて柔らかくほころんだそこへ自分自身を入れるのだと想像しただけで息が荒くなるのを止められなかった。そんな逸《はや》る祥を見て、タカが苦笑を漏らしながら言う。

「後ろは解れているが、闇雲に押し込むんじゃないぞ。まずは指でその感触と中の具合を確かめてみろ」

「うん、わかった」

祥は自分自身を宥《なだ》めるように大きく一つ深呼吸して、マキの窄まりにそっと手を伸ばす。肌の他の部分よりも少し赤味の強い窄まりは、潤滑剤に濡れて光っている。そこに人差し指をゆっくりと埋め込んでいくと、まるで吸い込まれるように指の根元まであっという間に入ってしまった。

痛くないだろうかと案じてマキの顔を見れば、タカに頬を撫でられながらうっとりとした表情になっていた。さらに中を探ってみると、ある箇所でマキが小さく呻き声を上げた。どうやらそこが感じる場所らしい。

なんとなくわかった気がして祥はタカに視線で合図を送ると、タカもまた頷いて祥を促す。引き抜いた指の代わりに今度は自分自身をそこにあてがう。

「あの、えっと、本当にいいんだよね？」

この期に及んでそんなことを聞いてしまう。でも、自分がすごく大それた真似をしているという自覚はあるので、最後に背中をもう一押ししてほしかったのだ。

「いいから、こいよ」

マキが顔だけで振り返って笑顔で言った。祥は安堵とともに未知の快感を求めて、自分自身を静かにマキの中へと埋めていった。

「うう……っ。んく……っ」

少しきついけれど、わずかに腰を前に動かすだけで呑み込まれるようにマキの中へ入ってしまう。先端から中ほどまでが埋まり、やがて根元まで押し込んだところで大きく息を吐く。

そのとき、マキがそこを一瞬だけ締めつけて、祥は掠《かす》れた悲鳴を上げた。

「ひぃああ……っ」

これまでに経験したことのない、強烈な快感に一気に果ててしまいそうになった。それを懸命にこらえたのは、こんなに簡単にこの魅惑的な時間を手放したくはなかったから。

「ひ、ひどいっ。意地悪しないでよぉ」

祥が泣きそうな声で言うと、マキがケラケラと笑い声を上げて言う。

「バァーカ。突っ込まれてんのはこっちだ。やりたい放題させてやってんだから、偉そうに文句を言うんじゃないよ」

叱られて恨めしそうにマキを見れば、タカが拗ねるなとばかり頭を撫でてくれる。そうやってからかわれたり慰められたりしながら、祥は体位を変えてはマキの体を存分に貪った。マキのいいところもどうすれば喜ばせることができるかも、タカの言われたとおりにやれば何も難しくはなかった。それでも、やっぱり祥一人ではマキを満足させることは無理だったので、最後にはタカの手も借りなければならなかった。

悔しくも残念でもない。自分では力不足だということくらい最初からわかっていたから。それに、タカに助けてもらったことで、三人で一つになれたみたいな気がしてそれも嬉しかった。

マキを抱いて得た快感は、言葉にできないほどのものだった。すごくきれいなものを手に入れたという満足感で心がいっぱいになった。

女の子さえ抱いたことのない自分が、同性を抱いたというのもちょっとした衝撃なのだが、何よりもマキを抱いたという意味が大きかった。祥にとってはあまりにも特別な経験だった。

(でも、もうこんなことはできないや……)

初めて抱かれた人がタカで、祥にとってタカは初恋の人となった。そして、初めて抱いた人がマキだったから、きっと祥はもう他の男の人は抱けないような気がした。

◆◆

数日後には「中西商事事件」に関与した政治家の一覧が掲載された週刊誌が発売されて、想像したとおり大規模な政界スキャンダルに世間は大騒ぎの様相となった。

連日連夜、新聞やテレビ、ワイドショーもインターネットのニュースサイトでも、次から次へと新たな情報が出てくる。その都度、関係した議員たちは記者に囲まれ、弁明に追われる日々だ。

株の譲渡数については、マキたちが言っていたように法務大臣の古賀と農林水産大臣の吉村が突出して多い。ただし、今回は前首相や副総裁、与党の幹事長や政調会長など大物の名前がごっそり上がっている。そのせいで、数ではなく党全体の汚職の構造が問題視されていた。

検察は株の譲渡が行われたいくつかのルートに分けて捜査をしているようで、もはや誰が立件されるのか、誰が逃れるのか、戦々恐々とした状況となっていった。そんな中、与党議員への風当たりは厳しさを増し、現内閣総辞職が叫ばれるようになる。

マキとタカが古賀と決別をした日以来、祥は彼らのマンションには行っていない。二人から今度の事件が片付くまでは部屋にはくるなと釘を刺されているからだ。約束を破ったらもう会わないと言われたので、祥は従うしかなかった。

また、あの日の翌日にはタイガのところへ行き、鍵を勝手に拝借したことを詫《わ》びた。タイガはとんだコソ泥猫がいたもんだと呆れていたが、叱られはしなかった。それどころか、タカからの電話ですべての事情を聞いたとお礼を言われてしまった。

「俺はおまえに感謝しなけりゃならん。ありがとな」

タイガは、祥がマキとタカをギリギリのところで踏みとどまらせたのだと言う。でも、祥にしてみれば向こう見ずに飛び込んでいって、成り行きでああいうふうにおさまっただけのこと。自分が何をしたという思いはない。

「おまえって奴は一見ぼんやりとした小僧のくせに、どこか不思議な奴だな。まぁ、あの兄弟を手懐《てなず》けるくらいだから、やっぱり何かあるんだろうさ」

「そうなのかな？　ずっと苛められれっ子で、不登校の引きこもりかと思えば、プチ家出を繰り返すとんだクソガキだったたんだけど」

「えらく自虐的な評価だな」

「だって、マキにそう言われた」

それはタイガが調べて祥の報告書に書かれていた内容だから、彼も思わず苦笑を漏らしていた。それでも、今ではタイガは祥にとってとても大切な存在だ。うんと歳の離れた友達のようでもあるし、世の中のいろいろなことを教えてくれる第二の父親のようでもあるし、マキとタカを特別な存在だと思う同志でもあった。

祥は来年からもう一度大学に戻る準備をしながら、週に二、三度はタイガのバイクショップの手伝いに行く。両親には友達の紹介でバイトを見つけたと言い、ちゃんとタイガのバイクショップのカードも渡しておいた。

タイガは祥にバイクショップの店番をまかせて、エア・ガンショップのほうへ行くときもある。タカはあの日から店には出ていないらしい。

そんなある日、いつものように店のガレージでラジオをつけていると、お昼のニュースが流れてきた。

『それでは次に、「中西商事事件」の続報です。東京地検捜査部は本日早朝より中西商事社長宅、中西商事本社および子会社にあたる「ナカニシウォーターサプライ」など合計三社を家宅捜索し、株主名簿など関連書類を押収しました。これによって「中西商事事件」にかかわったとされる議員の立件について……』

祥は作業台での部品磨きの手を止めてラジオに聞き入っていたが、タイガは黙々とバイクの整備を続けている。アナウンサーはこのニュースに関して、地検の捜査がどこまで切り込めるかという言葉で締めくくり、次の話題に移った。

世間の「不正を暴け」という後押しムードもあり、事件の捜査も着々と進んでいるようだが、その過程ですでに何人かの政治家の秘書や事務所職員などが責任を取って辞職していた。中にはその責任の重さから、自ら命を絶つ者もいた。

こうしてみると、マキが古賀を脅すときに言っていた言葉がいまさらのように生々しく思い出される。

『政治家様だろうが？　責任の取り方くらいわかってんじゃないのか？　あんたの周囲でも何人もいるだろう。心筋梗塞なんて言われながら、奇妙な死に方をした奴がさ』

今のところ政治家の自殺者はいないが、秘書が自殺という血腥い話になっている。私腹を肥やしている政治家ばかりではないだろうが、なんともドロドロした世界だと思わざるを得ない。そして、マキとタカは父親の泥を払うという汚れ仕事をしてきたのだ。

二人の父親が現法務大臣の古賀であると知ってから、祥はあらためて経済評論家の北村と、外務省アジア局の立原について調べてみた。

北村は経済評論家でありながら、かねてより死刑廃止論を強く唱えている人物でもあった。古賀が法務大臣になってから、立て続けに死刑囚への刑の執行を認める書類にサインをしたことを、テレビや雑誌などの媒体を使って強烈に批判していた。

また、アジア局の立原は日本と某国のパイプ役としての仕事をしてきたが、あるときから古賀の極端な某国よりの姿勢に苦言を呈するようになっていた。これはインターネットなどで流出している、裏情報サイトなどで知ったことなので、どこまでが事実かは怪しいところがあるだろう。

いずれにしても、祥が明確に認識している二人の仕事については、どちらも古賀に降りかかっていた火の粉を払ったものであるのは間違いない。

ニュースが天気予報になっても祥はまだぼんやりと二人のことを考えていたが、時報が十二時を告げて、工具を置いたタイガが祥を昼ごはんに誘う。一緒にガレージを出たら、師走《しわす》の冷たい風が頬に染みた。一緒に近くのラーメン屋に向かって歩きながら、祥がボソリとタイガにたずねた。

「ねぇ、あの事件はどうなるんだろう？　古賀は立件されるのかな？」

「どうだろうな。今は地検との仁義なき攻防の真っ最中ってところだ。どっちも一歩も引けない戦いだ。どう転ぶとも誰にもわからんよ」

「マキとタカはどうするつもりなんだろう」

あれから、タカはエア・ガンショップに出ていないし、マキも何をしているのかわからない。タイガに聞いても教えてくれないのではなく、本当に彼にもわからないという。

「奴らはまだ古賀とのことに決着をつけきっていないのかもしれない」

だったら、また古賀の命を狙うようなことはあるのだろうか。そんなことになったら、祥があのときマキを止めた意味がなくなってしまう。だが、タイガはそれはないだろうと首を振った。

「奴らもただの無鉄砲な馬鹿じゃない。二人で考えて出した結論があるんだろう。とにかく、今はあの二人を信じてやるだけだ。そして、その気になったらいつでも帰ってこられるよう、待っていてやればいいんじゃないか。俺たちのできることはそれだけだ」

タイガの言うとおりかもしれない。自分たちがニュースを聞いて頭を悩ませ、心を痛めたところで仕方がない。二人は自分たちの意思で決めたことをやれば、そのあとにはきっと戻ってくる。そう信じて、タイガと祥は彼らの帰る場所となって待っているだけなのだ。

年が明けて、まだ世間がお正月気分の抜けきらない日のことだった。

バイクショップは明日まで休みだ。タイガもこの年末年始は傭兵時代の友人と台湾で会うために出かけていて、まだ戻っていない。なので、その日はいつもより寝坊して起きてきて、ダイニングで母親の作った朝食を食べていた。

父親や兄はもう出勤していて、母親がリビングの片付けをしようとして何気なくテレビのスイッチを入れた。ワイドショーの時間帯だが、なんだか画面がいつもの奥様向けののんびりした様子ではない。何か事件でもあったのか、臨時ニュースのテロップがしきりと流れていて、画面は閑静な住宅街にある公園を映し出している。

『では、現場からいったんスタジオに引き取ります。繰り返しお伝えします。今朝未明、「中西商事」会長の中西隆二《りゅうじ》氏が自宅近くの公園で倒れているところを、犬の散歩で通りがかった近隣の住人が発見しました。中西会長はすぐに病院へ運ばれましたがすでに死亡していたとのことです』

トーストをかじっていた祥が、思わずそれをテーブルに投げ出してテレビの前に駆けていく。母親は何事とばかり驚いていたが、構わずテレビのボリュームを上げる。

『中西会長の体内からは三発の銃弾が発見されており、何者かによって銃撃されたとの見方で警視庁は捜査中です。尚《なお》、中西会長は近々「中西商事事件」の重要参考人として東京地検に身柄を確保される予定でしたが、本人が死亡したことで今後の捜査にも大きな影響が出ると見られます。また……』

祥はニュースを聞きながら、茫然と立ち尽くす。

(タカだ。タカがやったんだ……)

心の中で呟くばかりだが、疑うことのない確信だった。

マキとタカがどんな思いでその選択をしたのか、今の祥にはわからない。復讐のためだけに生きてきたと言ったマキと、父親とは思っていないと言ったタカだった。それでも、どうしても断ち切れない血の繋がりがあったのかもしれない。

二人にどんな思惑や複雑な心情があったにせよ、中西が殺害されたのは事実なのだ。それによって、今回の「中西商事事件」の捜査に影響が及ぶのは誰の目にも明らかだ。

殺害された中西隆二の証言次第で、現与党の議員の多くが立件され有罪判決を受ける可能性があった。そのための大切な参考人を奪われた形の地検では、今頃怒りと罵声が飛び交っていることだろう。

まさに中西会長の身柄拘束の直前に起きた惨劇を、偶然だと考えるほうが難しい。彼の死で利を得る者が多くいる。そして、その人数が多いほど、誰の意向で中西殺害が行われたか特定するのは困難なはず。そのあたりにも、マキとタカの緻密《ちみつ》な計算が見え隠れする。

「なぁに、あの事件の人が撃たれたの？　なんだか物騒な話ねぇ」

母親はテレビを見てそう言ったかと思うと、次の瞬間には興味を失ったようにリビングの掃除を続けている。これも平和なこの世界の日常なのだ。

誰かの思惑で誰かが命を落としても、世の中は今日も明日も明後日も粛々とときを刻んでいくだけ。そんな時代に自分たちは生きているということだ。

「ねぇ、今日はバイトに行くの？」

母親が掃除機をかけながらたずねる。祥はテレビのスイッチを消すと、いつもと変わらない様子で答える。

「バイトは休みだから、図書館に行くよ。四月から大学に戻るし、少しはその準備もしておいたほうがいいだろうからさ」

祥の言葉に母親はこれまでの心痛を思い出しているのか、心からの安堵の笑みを浮かべる。自分の息子を案じてくれているからこその笑みだと、今ならちゃんとわかる。

同時に、こういう無償の愛情を知らずに育ったマキとタカのことを思い、祥は祈りにも似た気持ちを抱いている。あの二人はもう充分すぎるほどの悲しみを背負っている。これから先の人生はできることなら穏やかなものであってほしいと願う。だから、どうか生きていてほしい。そして、タイガと自分のところへ戻ってきてほしい。

やがて、春を迎える前に東京地検特捜部は調査をしていた各ルートで、中西商事の社長と子会社三社の関係者を贈賄容疑で起訴した。

また、古賀と吉村の秘書および野党で株の譲渡を受けていた議員など数名が収賄容疑で起訴されて、全員の有罪が確定する。それでも、ほとんどの大物議員が立件を免れた。すべては中西商事の会長が殺害され、いくつかのルートの裏が取れなくなったから。

マキとタカの働きによって、かろうじて古賀も他の議員と同様に立件を免れ、現在も国会に席を持っている。それほどしがみつきたい席かとマキやタカは嘲笑《あざわら》うだろうが、政治家には政治家の譲れぬ事情というものがある。バッジをつけているからこそ議員だが、選挙で負ければ何者でもないただの人になってしまうのだ。

証拠を握ったまま当事者がこの世を去り、政界はじょじょに落ち着きを取り戻しつつあった。それでも、世間の政治不信は長く続き、内閣の支持率は下がり続け、やがて首相は退陣を迫られるに至った。

年が明けて一ヶ月で、現内閣は総辞職した。「新春の惨劇」などと揶揄《やゆ》されていたが、国は形を失うことなく続いている。

そして、誰もが不安を抱えながらも、新しい一年はもうその歯車を回しはじめているのだった。

◆◆

人は痛みを忘れるのが早い。不都合なことも目をつぶっていたいことも、その気になれば忘れてしまうことができるのだ。ただ、心の奥底には小さな棘《とげ》が残っていて、それがときおり思い出したように痛む。そんな痛みに折り合いをつけながら、誰もがその日その日を生きている。

気がつけば春がきていた。あれから、祥は何度かマキとタカのマンションを訪ねていった。もうタイガのところで鍵を拝借するような真似はせず、きちんベルを鳴らして訪問した。マキとタカには報告したいことがたくさんある。あれから自分がどんなに変わったか、二人にはちゃんと話して今の自分を見せたかった。

けれど、何度訪ねていっても彼らはそこにいなかった。そして何度目かの訪問のとき、そこに居合わせた管理会社の人がたびたび見かける祥に教えてくれた。

「辰馬《たつま》さんの知り合いなのかい？　だったら、何度訪ねても無駄だよ。二人してしばらく旅行に出ると言っていたからね」

「旅ですか？　どこへ行くか言ってましたか？　どのくらいの間？」

「さぁね。世界中あちらこちら回るようなことを言っていたね。期間は聞いてないよ。戻ったら連絡をくれるって言ってたからね」

「そうですか……」

管理会社の言葉にうな垂れてその場から歩き出した。そんな予想はしていたけれど、本当にいなくなってしまったのだと思い知らされて、祥の心はやっぱり寂しさに震えた。

いつ帰ってくるともわからない。帰ってきても連絡をくれるかどうかもわからない。彼らは忽然《こつぜん》と姿を消してしまった。探しても無駄で、祥はタイガの言葉の重さをいまさらながらに感じる。

自分たちにできることは、ここにいて彼らがいつか戻ってくる場所を作っておくこと。簡単そうでとても難しいことだと思った。

それからは、二人を恋しく思いながら過ごす日々が続いた。四月になって、祥は大学に通うようになった。高校まで自宅学習だったため一年遅れているうえに、一年留年してしまった。これ以上学費で親に迷惑をかけるつもりはないから、必ずこれからの四年で卒業するつもりだ。

相変わらず対人関係は得意とは言い難いが、大学はどうにか通っている。学ぶつもりになれば、どんなことでも案外興味深い。学べるときにどんなことでも学んでおけばいい。それが将来何かの役に立つかもしれないし、役に立たなくても知識は自分自身の厚みを増してくれるのだと思えるようになった。

また、家族ともできるだけ一緒に夕食を食べている。タイガの言葉は案外身に染みていて、親孝行までではできていないと思うが感謝だけはするようにしている。

タイガの店でのバイトも続けている。主にタイガがエア・ガンショップに出かけている間の留守番をしているのだが、少しずつバイク整備についても勉強して簡単な作業ならできるようになった。

バイトで貯めた金で、そのうち中古のバイクを買おうと思っている。そのために、まずは免許を取らなければならない。普通免許のほうは親が援助してくれると言うが、二輪は自分でどうにかするつもりだ。そのために、タイガの店の手伝い以外にもバイトを探そうかと思っている。目的があればバイトも苦じゃない。

マキとタカと知り合う以前の自分とは違い、今は重い扉が開けたように目の前に広く果てしない世界が広がっているような気がしていた。どこへ向かって歩いていくかは自分次第だ。どこへ向かっていくにしても、祥はもう無駄に立ち止まることはしないでおこうと決めた。迷ってももがいても、前に向かっていればきっと何かが見えてくると思うのだ。見たいものも見たくないものも、ぜんぶひっくるめて現実を知ればいい。そうやって自分の進む道を探せばいい。

そして、近頃は思い出したようにまた一人で夜釣りにいくようになった。原付バイクで出かけるのは、タカに初めて出会ったあの港だ。相変わらず怪しげな噂のある倉庫街に人気はなく、祥にとっては一人でのんびりできる絶好のポイントだった。

その夜も釣り糸を垂らしていると、背後に気配がしてまた野良猫が魚を狙ってやってきた。

「にぃぁぁぁぁ〜」

その少し低くガラガラした鳴き声を聞いてよく見ると、黒い毛に特徴的な白い足袋《たび》を穿《は》いたような後ろ足であのときの猫だとわかった。

「なんだ、おまえか。悪いけど、ボウズなんだ」

そう言うと、そこにはいつかの黒猫だけでなくもう一匹の白い猫もいた。野良のくせに妙にこぎれいで、どこかすかした雰囲気のある猫だ。

「それって、カノジョ？　生意気だなぁ、猫のくせに……」

未だに色恋沙汰には縁のない祥が苦笑交じりに言う。

二匹はしばらくの間そばでじゃれ合うように遊んでいたが、すぐに小走りで闇の中へと消えていく。祥はそんな二匹の猫を見ながら、自分の目の前から消え去ったあの二人のことを思う。

自分は確かにこの国の、今このときを生きているというのに、彼らと一緒に過ごした時間はまるでここではないどこか別の世界で生きていたような気がしていた。

それでも、祥の記憶の中にある彼らは幻でもなんでもなかった。きっとタイガの言うように、今も彼らはどこかでしたたかに生きているに違いない。病んだ心と壊れた心を寄せ合って、それでも自分たちのままで生きていくことを諦めない美しい兄弟だ。

祥はまたいつか、そんな二人に会いたいと願っている……。

あとがき

今年は奇妙な天候が続き、自然災害が猛威を振るった夏でした。ちなみに、個人的にも縁のある地域で被害が出ていることもあり、今なお心配が続きます。

そして、夏といえば「先の戦争」を思い出される方ももちろんいらっしゃいます。ちなみに、日米で一般的に「先の戦争」といえば「大東亜戦争こと第二次世界大戦」。ヨーロッパで「先の戦争」といえば「第一次世界大戦」だそうです。そして、会津藩では「戊辰戦争」、京都では「応仁の乱」ということですが、わたしの「先の戦争」は「7月戦争・イン・カナダ」となりました。

毎年夏にちょっと仕事場を移動してカナダの西海岸のとある町で過ごしているのですが、今年はスペースを間借りしている家の屋根裏にリスが住み着いてしまったようで大騒ぎ。

夜にリビングでテレビを見ていると、二階のサンルームの屋根と三階のバルコニーの下の間にあるわずかなスペースからカリカリと木を引っかく音がするのです。びっくりして棒切れで天井を内側から叩くと、リスが驚いてすっ飛んで逃げていきました。

「なぁ～んだ、リスか。可愛いじゃん」

最初はそんなほのぼのコメントも住人の間で出ていたのですが、やがてそれが熾烈な戦いへと変貌していこうとは誰が想像し得たでしょうか。

毎晩聞こえる「カリカリ音」に、これは家が傷つけられる、柱がやられると気づいたときからリスは「敵認定」となりました。日夜自らの巣とせんと屋根裏に潜り込んでくるリスと、家を守らなければと奮起する人間。

穴は狭く奥深い。塞ごうにも古い家なので隙間はそこここにある。それも二階と三階の間という微妙な高さ。家にある梯子の長さが中途半端。さらに鉄製の梯子をかけるにしてもサンルームのガラスの耐久性が不安。うっかり攻撃して殺してしまうのは動物愛護の観点からよろしくない。それに屋根裏で死なれたら腐敗してこれまたえらい騒ぎになる。穏便に追い出そうとする人間。そんなことは知ったこっちゃないリス。

それでも家は傷めるし、小鳥さん用に庭のチェリーの木にかけているバードケーキはがっつり盗み喰いしているし、いろいろ許すまじとだんだん怒りに拍車がかかってまいりました。そして、「奴を追い出せっ」を合言葉についに戦いが始まったのです。「7月戦争・イン・カナダ」の開戦です。別名「リス戦争・イン・裏庭」とも言います。

それからもサンルームのガラスを割らないよう穴から少し横にずれた場所で梯子をかけたはいいが足を滑らせ落ちたり、唐辛子スプレーで追い立てようとして急に変わった風向きで自ら身悶えるなど、まさに死闘が繰り広げられたわけです。知恵を絞る人間、その裏をかくリス。それを裏庭で草をはみながら眺める野生の鹿。たまに通り過ぎるアライグマの親子。

果たして、その結果はどうなったのかっ？　実はわたしは8月に入って帰国したので、戦線離脱となりました。報告によると今も戦いは続いているそうです。もはや「グッド・ラック」としか言えない……。

かように過酷な戦線に立ちながら、原稿を書きつつ日本の異常気象を憂うというなんだか心が落ち着かない夏でした。今年の夏は自然の厳しさをいろいろな意味で思い知らされたので、できれば日本中に穏やかな秋が訪れればいいなと心から祈っています。

ちなみに今回の作品ですが、いつもと少し雰囲気の違う仕上がりになったように思います。「第三者の目で見つめる奇妙で魅力的な兄弟」という話を書きたかったのですが、読み手の方をうまくストーリーに引き込むことができたかどうかが一番のポイントだったと思います。自分なりに新しい試みによってずいぶんと勉強させてもらいました。皆様にも気に入っていただければ幸いです。

また、挿絵は相葉キョウコ先生が描いてくださいました。三人の雰囲気をよくつかんでいただき、美しく仕上げていただきました。お忙しい中、本当にありがとうございました。皆様にも存分に楽しんでいただけると思います。

いつもながら、読者の皆様を筆頭に作品に関わっていただいたすべての方へ深く感謝いたします。それでは、次回作でまたお会いできますように。

二〇一四年　八月末日　水原とほる

✦初出　凍える血……………書き下ろし

水原とほる先生、相葉キョウコ先生へのお便り、本作品に関するご意見、ご感想などは
〒151-0051 東京都渋谷区千駄ヶ谷 4-9-7
幻冬舎コミックス　ルチル文庫「凍える血」係まで。

幻冬舎ルチル文庫

凍える血

2014年9月20日　　第1刷発行

✦著者	水原とほる　みずはら とほる
✦発行人	伊藤嘉彦
✦発行元	株式会社 幻冬舎コミックス 〒151-0051 東京都渋谷区千駄ヶ谷 4-9-7 電話 03(5411)6431[編集]
✦発売元	株式会社 幻冬舎 〒151-0051 東京都渋谷区千駄ヶ谷 4-9-7 電話 03(5411)6222[営業] 振替 00120-8-767643
✦印刷・製本所	中央精版印刷株式会社

✦検印廃止

ISBN978-4-344-83231-2　C0193　Printed in Japan

「幻冬舎ルチル文庫」

大好評発売中

［イミテーション・プリンス］

きたざわ尋子

イラスト▼陵クミコ

上質で端整なスーツ姿の男がボロアパートのドアを叩き、「然る資産家の孫かもしれない」裕理を迎えにきたと告げる。唯一の家族を亡くしてたゆたうように荒んだ日々を送っていたが、その男・加堂に連れられた屋敷で孫候補として暮らすうち、本来の健やかさを取り戻す裕理。やがて、冷徹なばかりに見えた加堂の、思いがけない優しさに触れて……？

本体価格560円＋税

［バリスタの恋］

染井吉乃

イラスト▼中井アオ

幼い頃、会社経営者の家に引き取られた雨楽は、次期社長である義兄を陰で支える存在となるべく徹底して教育されてきた。やがて義兄・晴彦の秘書となった雨楽は、理不尽な仕事を甘んじてこなす日々に自分の存在意義を見失うように。そんな時、息抜きに入った喫茶店で有澄という店員が淹れたコーヒーに癒されるが、そこはライバル会社の店舗で……!?。

本体価格580円＋税

発行●幻冬舎コミックス　発売●幻冬舎